Les Crapules de Courtson Cave

Frédéric Godefroy

Les Crapules de Courtson Cave

Roman

LE SERPENT A PLUMES

Collection Serpent Noir
dirigée par Tania Capron

N° ISBN : 2-84261-065-2

Couverture réalisée par Alexandre Courtès pour *Sabotages !*

LE SERPENT A PLUMES
20, rue des Petits-Champs - 75002 Paris
http://www.serpentaplumes.com

Blue Fall Point

LE DÉSERT de Mojave. C'est là que j'habite. Un territoire vierge où l'on ne trouve que des millions de tonnes de sable, des cailloux et du soleil. Un putain de soleil qui vous frappe le crâne à longueur de journée à plus de cinquante degrés Celsius. Y'a aussi les crotales et les vautours qui lorgnent avec intérêt tout mouvement sur le sol. Ici, tout est jaune et rouge, même le ciel a l'air d'avoir oublié ce qu'est la couleur bleue. Et quand au loin, là-bas à l'horizon, on voit se pointer un nuage, on prie tous les dieux de la terre pour qu'il se dirige vers vous et jette son ombre rafraîchissante sur votre carcasse déshydratée. Le pire, c'est quand le puits ne donne plus qu'une eau boueuse imbuvable et là, on sait qu'on a que quelques heures à vivre. Il vaut mieux avoir fait le plein de la caisse la dernière fois, sinon bye-bye Mac, t'iras servir à engraisser les vautours.

C'est le trou du cul du monde, un coin où personne ne voudrait venir habiter, sauf moi.

Putain, déjà dix ans que je suis là !

La seule attraction de la région se trouve à Blue Fall Point, un bled de deux mille têtes perdu au carrefour de deux routes. Les péquenots ne foutent rien. Ils dorent au soleil et attendent de crever. Y'a un bar qui sert de rassemblement à tous les paumés à cent miles à la ronde. Le whisky et la bière y sont pas chers et je peux vous promettre que chaque soir, y'en a pas beaucoup qui ont la force de reprendre leur caisse pour aller retrouver moumoune. C'est tellement crasseux que même les routiers s'y arrêtent pas, c'est pour dire ! Ils préfèrent se taper cinq heures de route de plus et trouver un coin plus accueillant qui sent pas la mort.

Moi, Mac Dodger Harris, je suis seul, à cinquante miles de Blue Fall Point. Y'a pas âme qui vive entre moi et les péquenots.

Assis sous mon porche en tôle ondulée, je regarde passer les trois ou quatre voitures qui grignotent l'asphalte chauffé à blanc, laissant derrière elles un sale nuage de poussière opaque qui met deux heures à retomber tant l'air est lourd ici. Parfois, y'en a qui freinent et qui rentrent chez moi en s'arrêtant pour prendre de l'essence. Mais ça fait bien longtemps qu'il n'y a plus de pétrole dans les pompes, au moins dix ans en fait, depuis que j'ai acheté l'endroit et les vingt miles de sable et de pierres alentour. Ouais, ça m'appartient tout ça. Et ça m'a coûté que d'niette, je l'ai gagné en jouant au poker à un alcoolique qui avait un pied dans la tombe. Mais les gars qui le savent pas et qui s'arrêtent chez moi me donnent l'occase de faire un brin de causette et d'apprendre un peu ce qui se passe dans le grand monde. Je débouche les Budweiser, on s'installe devant le vieux comptoir en bois que j'ai conservé et on discute, comme ça, sans se connaître. C'est cool ! Mes moments préférés de cette vie de chiotte en fait, les seuls instants où je prends conscience que je ne suis pas seul au monde dans ce trou du cul du monde.

À part ça, j'en glande pas une de la journée. J'ai appris à dormir quinze heures par jour, à picoler comme les gorets du coin, à rester assis devant cette putain de route pour voir passer une tire à cent cinquante repeinte aux couleurs du désert et voilà, c'est à peu près tout. J'ai même oublié ce qu'était un costume Armani, un téléphone portable et une carte de crédit American

Express Platinum. La déchéance totale, quoi ! J'ai l'air d'avoir vieilli de quinze ans.

Et j'ai surtout appris à ne plus me souvenir du passé.

Au loin, je vois s'élever au-dessus de la route le nuage de poussière caractéristique annonçant l'arrivée d'un véhicule. Au bout d'un moment, l'une des voitures de shériff de Blue Fall Point apparaît et vient se garer juste devant moi, m'engloutissant au passage dans le nuage.

La porte s'ouvre en grinçant. C'est Arnie, le marshall-shériff, un type d'une trentaine d'années qui se prend pas la tête.

– Salut Harvey, il me lance en touchant son chapeau du doigt.

– Salut shériff.

Je suis installé dans mon rocking-chair, le Stetson marron baissé sur les yeux, le fusil à pompe Ithaca à crosse courte à portée de main. Ici, tout le monde m'appelle Harvey, c'est comme ça que j'ai dit que je m'appelais en débarquant un beau jour. Et comme tous les étrangers, on m'apprécie que très moyennement, surtout avec mon accent de New York, qui tend de plus en plus à disparaître, mais ça ne change pas grand-chose à leur opinion.

– Tu m'offres une roteuse !

Je me lève et entre dans la baraque. La porte se referme en claquant derrière lui. Il enlève ses Ray-Ban qu'il coince dans une poche et s'allume une Marlboro d'un geste désinvolte. Ça m'a toujours éclaté les types qui travaillaient leur image comme ça. Je sors deux Budweiser, les débouche et les pose sur le comptoir. Il s'installe sur un siège et en liquide la moitié d'une très longue gorgée.

– Merde, ce que ça fait du bien !

– Ouaips !

Je m'allume aussi une cigarette, une Philip Morris marron. Au-dessus de nos têtes, le lourd ventilateur tourne au ralenti.

Il regarde un long moment par la vitre que j'ai jamais nettoyée depuis que je suis là (ça servirait à rien avec le sable) et tourne finalement sa tête vers moi. Autour de nous plane mollement le nuage bleuté de la fumée de cigarette.

– Qu'est-ce que tu deviens ? me demande-t-il bêtement.

– La routine, comme tu le vois.

– Ouais... Y'a deux types qui viennent de débarquer à Blue Fall Point...

Silence. Je vois qu'il attend que je lui demande « et alors ? », mais je sais déjà ce qu'il va me dire. J'attends qu'il parle de nouveau et ça a pas l'air de lui plaire mais j'en ai rien à foutre.

– Et alors ils posent des questions à qui veut

bien les écouter. Le genre de questions du genre de gars qui recherche quelqu'un, si tu vois ce que je veux dire. Le genre de gars qu'on aime pas voir traîner dans la région, tu vois.

Il termine sa bière et prend la mienne entre ses mains. Il me regarde droit dans les yeux en recrachant sa putain de fumée dans ma tronche qu'a l'air impassible mais qui cache une intense activité cérébrale.

– Y recherchent un gars qui t' ressemble.

– Y'a plein de gars qui me ressemblent.

– Ils ont un accent de New York…

Il écrase sa cigarette dans le cendar avec méthode et lenteur.

– … et dans le coin, t'es le seul ex-New-Yorkais qu'on connais, tu vois.

– Ben, autant que je sache, y'a pas que deux habitants à New York, mais quelques millions.

– Je voulais que tu le saches, c'est tout. On sait jamais, si ils se pointaient par là, ce serait marrant de voir causer trois New-Yorkais ensemble.

– P't'ête ben qu'oui.

– P't'ête ben qu'non.

Il lève ma bière et la descend dans son bide en moins de trois secondes.

– Bon, j'y vais, dit-il en se levant et en rotant, moi je travaille !

Il sort, remonte dans sa voiture, démarre. Moi

je le regarde partir à travers la vitre presque opaque. Je me dirige vers une malle dans la piaule et je l'ouvre. J'en dégage un .44 Automag en céramique rééquilibrée à balles creuses équipé d'une visée laser et deux Colt M1991A1 à balles au mercure que je fixe dans le double holster d'épaule en peau de chamois qui me permet de dégainer encore plus rapidement.

Si on m'a retrouvé, c'est pas le moment de donner dans le sentimentalisme. Je garde le .44 dans la main et je ressors dehors. L'avantage ici, c'est que personne ne peut s'approcher sans que je m'en aperçoive. Adios amigos !

C'est vers la tombée de la nuit que je vois approcher une tire. Une Mercedes de location qui n'a plus la tronche d'une Mercedes à cause du désert. Elle entre sur mon parking et s'arrête devant une pompe. J'attends d'apercevoir la gueule du gars qui conduit avant de sortir. Ils sont deux. En costard-cravate. Ça pue le FBI à dix lieues à la ronde. Je coince le .44 dans mon dos et je me décide à sortir.

Les deux types s'extraient lentement de leur caisse et me regardent marcher vers eux. J'ai fixé mon Stetson sur le crâne et je les observe sous le bord du chapeau.

– Salut, je dis.

– On veut le plein, m'annonce le conducteur d'un air tranquille.

– J' suis désolé, mais ça fait bien longtemps qu'y a plus d'essence ici. Faut retourner à Blue Fall Point ou continuer si vous en avez encore assez pour aller au prochain bled.

Les deux types se jettent un coup d'œil. Je distingue sous leurs vestes froissées la bosse caractéristique d'un flingue en holster.

– C'est qu'on avait cru qu'on pourrait en trouver ici. Y'a des gars en ville qui nous ont dit ça.

– Ah oui ? Ben y s'ont trompés faut croire.

Le plus jeune, le passager, s'approche de moi. Il plonge sa main sous son veston, mais pas du côté où y'a le flingue. Il en sort une photo qu'il me tend.

– Vous avez vu cet homme dans le coin ?

Je prends la photo en penchant la tête pour que mon chapeau couvre mon visage.

– Qui le demande ?

– FBI.

Ma tronche s'étale en noir et blanc sur la photo, avec dix ans de moins. Mon palpitant prend le rythme d'un rock'n roll effréné. J'ai vraiment vieilli, je constate. La moitié des cheveux a disparu, j'ai perdu quelques dents et les rides n'arrangent rien. Je relève la tête en espérant être sûr de moi et je lui réponds d'un ton assez calme : « Jamais vu ce type. »

Il me dévisage. L'autre qui est resté près de la Mercedes aussi. Tous mes muscles sont prêts à l'action.

– Merci quand même.

Je lui souris et le raccompagne à la voiture. Comme je trouve ça complètement incroyable qu'il ne m'ait pas reconnu, je reste sur mes gardes. Peut-être est-ce une ruse pour que je baisse mon attention, ce que bien sûr, je ne fais pas.

– Si par hasard vous le voyez, prévenez le shériff de Blue Fall Point.

– Ouais.

Ils remontent dans leur caisse et démarrent. Je reste là à les regarder s'éloigner. La pression redescend progressivement. Je me sens revivre. Et le comique de la situation me fait éclater de rire. Putain, j'aurais pas cru ça possible. Si un jour j'écris mes mémoires, je m'attarderai sur cette scène. Et encore, je suis certain que personne ne me croira.

À cause du passage de ces deux tarés du Federal Bureau of Investigations, les images du passé imprègnent mes rêves de toute la nuit. Le premier visage que je revois est bien entendu celui de Samantha. Dans mon rêve, elle me regarde en souriant et s'avance vers moi d'un air heureux.

Elle porte sa robe noire, celle avec tous les boutons devant, celle qu'elle avait lors de notre dernière rencontre. Quand elle arrive à ma hauteur, elle m'enlace et m'embrasse. Je ne supporte pas de me souvenir d'elle aussi précisément. Même le goût de ses lèvres me revient. On est sur le toit de l'immeuble que j'habitais avant, en plein Manhattan. La lune nous regarde nous embrasser et je sens même la chaleur de son corps contre le mien. Après, y'a Snake qui débarque avec sa canne de billard gravée à ses initiales. Il rigole bien le Snake en repensant aux quatre cents coups qu'on a fait ensemble. On se serre la pince fièrement. Il me dit quelque chose que je ne comprends pas. Moi, je leur souris bêtement. Et puis après, y'a les deux zombies qui ont plus grand-chose d'humain qui apparaissent de je ne sais où. Ils ont la gueule défoncée, on ne distingue plus les yeux de la bouche. Ils s'approchent de moi au ralenti, les bras tendus, comme dans les mauvais films d'horreur. Et là je me réveille, pas fier.

Bon, le lendemain, je décide de faire un saut à Blue Fall Point pour voir ce que pensent les péquenots du coin sur la visite des deux fédéraux. Je m'enfonce dans ma caisse qui est déjà brûlante alors que le soleil est levé depuis moins d'une heure et je trace.

C'est pas normal qu'ils aient retrouvé ma piste jusqu'ici. Et encore moins qu'ils ne m'aient pas reconnu. Cette histoire fait travailler sec mes neurones encore valides. La seule conclusion à laquelle j'arrive, c'est que je comprends pas comment ils ont débarqué ici avec ma tronche sur un Polaroïd. Bon, d'accord, dix ans se sont passés depuis le massacre de Courtson Cave, c'est largement suffisant pour remonter jusqu'à moi, mais pourquoi est-ce qu'ils sont encore là-dessus dix ans après ?

Quand j'arrive, y'a pas grand monde dans les rues. Je me gare devant le saloon dans un crissement de pneus pas volontaire. Chaque tôle de ma voiture est déformée par ce putain de soleil. Y'a juste deux autres pick-up garés là.

Dans le saloon, l'antique juke-box des sixties crache un morceau country sans intérêt. Les nappes plastifiées à carreaux rouges sont déjà installées pour le déjeuner.

– Salut, je lance à la cantonade pour les quatre gus installés au comptoir.

Je me fous juste sous le ventilo pour refroidir mon corps brûlé.

– Je vais te prendre un café.

La petite serveuse, une gamine de dix-huit ans vaguement mignonne qui porte un tablier bleu, me verse le café dans une grande tasse à l'effigie de Buffalo Bill.

– J'ai des beignets frais pour accompagner le café.

Je jette un œil sur les beignets en question qu'ingurgite mon voisin de comptoir, un cow-boy qui s'appelle Jo. Ils m'ont pas l'air trop dégueulasse.

– Mets-m'en deux.

Toute ravie que je lui en prenne, elle me les place sur une petite assiette fêlée.

– Y sont venus t' voir les bureaucrates ? me demande Jo.

Les trois autres gus tournent leurs sales têtes vers moi.

– Ouais… y sont venus m' voir.

– Et y t'ont pas rapporté avec eux ?

– Faut croire que non.

Je goûte mon café. Il est fade, comme d'hab. Les beignets sont trop sucrés mais je me force à les manger pour faire plaisir à la gamine. Willi, un autre gars installé au comptoir qui a plus travaillé depuis la fermeture de la mine, reste sceptique.

– Pourtant y t' cherchaient, mec !

Je tourne ma tête vers lui, l'œil vaguement menaçant :

– Non, c'est pas moi qu'y recherchaient. C'était un gars qui me ressemble.

– Y t'ressemble drôlement le gars.

– Ouais, ajoute un troisième gus que je connais

pas et qui se fend la gueule en me regardant. Ouais, j' l'ai vu et j'aurais parié ma queue qu' c'était bien toi.

– T'aurais pas dû, t'auras plus rien pour bander maintenant.

– Il a jamais rien eu pour bander, t' façon, dit Jo, et la plaisanterie plonge tout le monde dans une crise de fou rire pas possible.

Je regarde la gamine, qui elle ne rit pas et je lui adresse un petit clin d'œil. Elle me sourit, révélant une rangée de dents bien entretenues ce qui est rarissime à Blue Fall Point. Elle se place juste en face de moi. C'est peut-être à cause du sourire, mais maintenant je la trouve carrément mignonne, la gamine de dix-huit ans. Elle se penche en gonflant ses seins :

– Y sont repassés voir le shériff dans la nuit. Ils l'ont réveillé et ils ont bu le coup jusqu'à une heure. Après y sont repartis vers le nord.

Les types arrêtent de se marrer et la regardent. Willi brandit un doigt paternel vers elle : « Tu devrais pas parler à ce type, Shanon, c'est pas un type du coin... »

Et il ajoute plus doucement, comme si ceci expliquait cela :

– ... c'est un New-Yorkais.

– J' parle à qui j'veux dans mon saloon, elle lui répond en le regardant droit dans les yeux.

Et vlan, j'ai même pas besoin de dire quelque chose. Voilà une nana qui me rappelle les New-Yorkaises justement, celles qui ont des couilles, enfin, façon de parler. Pour pas que la situation s'envenime, je pose un billet d'un dollar devant elle et je me tire. Je l'entends me dire au revoir, ce qui me va droit au cœur.

Dehors, je vois un vieux sur un rocking-chair qui me regarde en se marrant. Il m'éclate le vieux. Il a plus une dent et il est tellement ridé qu'on voit plus ses yeux. Je lui lance un bonjour et je grimpe dans mon bolide. Je démarre sur les chapeaux de roues.

C'est vers minuit que j'entends arriver la voiture. J'ai l'oreille fine et je bondis alors qu'elle se trouve encore à un bon mile de distance. Elle vient de Blue Fall Point. Je prends le temps d'enfiler un jeans, j'arme le .44 et je regarde par la fenêtre. Je vois débarquer un pick-up des années cinquante tout arrondi, le genre de truc dont parle Kerouac dans son bouquin, qui s'arrête juste devant la porte. Je ne bouge pas. Toutes les lumières sont éteintes.

La gamine en descend et regarde ma cabane d'un air timide. Je l'observe un instant, surpris et je sors sur le perron. J'ai pas fait attention, mais j'ai gardé le flingue à la main.

– C'est Shanon, me dit-elle comme si je l'avais pas reconnue.

– Qu'est-ce que tu fais là ?

– J' peux entrer ?

Je m'écarte de la porte pour la laisser passer. Elle reste sur le seuil et analyse le bordel qui traîne un peu partout. Y'a des fringues par terre, des cadavres de bouteilles, des traces de glaviots, bref, c'est pas propre.

Moi, je suis resté derrière elle et je la regarde. Elle porte des santiags, une jupe en daim et un chemisier à franges. Ravissant. Son cul bien sûr. Je me fous une baffe pour revenir à la réalité.

– Qu'est-ce que tu fous là ?

– J' suis venue te prévenir.

Elle se retourne. En plus, elle s'est vaguement maquillée.

– Me prévenir de quoi ?

Je passe derrière mon petit comptoir et je remplis deux grands verres de bourbon. Elle prend le verre en souriant.

– Ils veulent te virer d'ici.

– Qui veut me virer d'ici ?

– Les gens de la ville, qu'elle dit comme si c'était une évidence. Ils en ont discuté toute la soirée. C'est à cause des types du FBI qui sont passés, ça leur a foutu les boules. Même le shériff est d'accord avec eux. J' crois qu'ils vont venir demain pour te le dire. Et y'en a qui ont envie de te pendre aussi.

– Ça c'est original.

– Qu'est-ce que tu vas faire ?

Elle me regarde droit dans les yeux. Ses yeux à elle sont bleus, comme ceux de Samantha. Je m'aperçois que je la regarde trop longtemps alors je reporte mon attention ailleurs. Elle s'assoit sur un tabouret juste devant moi. La jupe remonte un peu trop sur ses cuisses pour que sa visite soit honnête.

– Pourquoi ça t'intéresse ?

– Comme ça… j' m'inquiète.

S'ensuit un court silence chargé d'électricité. Sa poitrine monte et descend au rythme de sa respiration saccadée. Mes hormones à moi s'agitent dans tous les sens, mais je ne peux pas me permettre de faire de conneries. Être soupçonné par les péquenots de la région d'être recherché par le Bureau, c'est une chose, tirer une mineure au trou du cul du monde, c'est signer mon arrêt de mort. Je contourne le bar et me dirige vers la porte pour lui ouvrir.

– J' veux pas rentrer chez moi.

– Tu ne peux pas rester ici.

– Mon père me frappe. J'avais l'autorisation de minuit et si je rentre après, j'vais avoir droit à la ceinture.

Je ne bouge plus, en proie à ma conscience, ce qui est assez rare. En plus, je sais pas pourquoi, mais je sens qu'elle me baratine la gamine qui a un beau cul.

– J' peux dormir sur le canapé, elle me dit doucement, les yeux baissés, prête à pleurer.

J'avoue que l'espace d'un instant, l'idée de lui loger une balle dans le crâne me chatouille. Ça aurait l'avantage de m'enlever ce bête problème de conscience. Et puis mes hormones reprennent le dessus, me chuchotant à l'oreille qu'il serait vraiment dommage que j'abîme l'une des seules poulettes potables de la région.

– Y'a des bouts de ressorts, alors évite de te blesser.

Elle relève la tête et je vois qu'elle pleure vraiment. Ses yeux expriment de la gratitude.

– C'est cool, merci.

Je trouve un drap sans trop de trous et le pose sur le canapé. Elle vient tester son lit improvisé et sourit.

– C'est très bien.

– J' veux qu'à l'aube tu t' sois tirée !

Elle me regarde en essuyant ses larmes, acquiesce et m'embrasse sur la joue avant que j'aie eu le temps de réagir. Sur un ton d'excuse, elle me dit :

– J'ai toujours dû écarter les jambes pour avoir quoi que ce soit.

– Ouais, je fais bêtement, et je vais m'allonger sur mon pieu en plaçant le .44 sous l'oreiller.

Je suis réveillé par une odeur familière. Celle du café. Shanon est derrière le comptoir et cherche le sucre apparemment. Elle porte juste son chemisier qui tombe en haut des cuisses et je suis persuadé qu'elle n'a rien en dessous. Dehors, il fait déjà jour. Je me félicite pour mon oreille fine qui entend une voiture à plus d'un mile mais pas une nana qui prépare le café. Merde, dans une situation dangereuse je serais mort deux cents fois. Elle me sourit quand elle voit que je suis réveillé.

– T'as pas de sucre ?

– À ta droite.

Je me lève et m'installe. La dernière fois qu'on m'a fait le petit dej', c'était à New York et c'était Samantha qui le préparait.

– Bien dormi ? elle me demande sans lâcher son sourire.

– Ouais. Et toi ?

– La canapé est agressif, mais sinon ça va.

Je lui souris, ce qui semble lui faire plaisir. On boit le café silencieusement, sans rien dire, ce qui est très agréable.

– T'as tué qui à N.Y. ?

– J'ai tué personne.

– Et tu comptes faire quoi ?

– À propos de quoi ?

Elle me dévisage comme si j'étais amnésique :

– De ceux qui vont venir aujourd'hui pour te virer ?

– Rien, parce que je compte pas partir.

– Ils vont te lyncher.

– Qu'ils essayent !

On se dévisage mutuellement.

– J' peux partir avec toi pour te tenir compagnie...

Elle a l'air sérieux. Je ne réponds pas.

– ... On est dimanche, ils vont tous être à l'église jusqu'à dix heures. Après, ils vont venir ici. Ça nous laisse une heure et demie pour mettre le plus de distance entre eux et nous.

– Écoute, Shanon. Je t'aime bien, t'as un beau cul, mais il est hors de question que je m'en aille, seul ou avec toi !

– Tu sais parler aux femmes, toi !

– J'en ai rien à foutre de ta pomme, compris.

Elle me regarde d'un air de celle qui n'en revient pas de ce que je viens de lui dire.

– C'est comme ça que tu remercies les gens qui t'aident...

Elle contourne le comptoir jusqu'au canapé, enfile sa jupe et ses tiags sans me jeter un seul coup d'œil.

– … Ça m'apprendra à vouloir aider les autres, bordel de merde. C'est toujours pareil avec les mecs. Aucune gratitude… Fait chier.

Je ne dis rien. Je préfère rien dire puisqu'elle se tire. J'ai quand même un petit arrière-goût d'avoir raté quelque chose, un truc du genre une nuit de baise qui m'aurait pas fait de mal.

Elle sort en claquant la porte et démarre dans un rugissement de moteur. Bye-bye, chérie.

C'est vers onze heures, assis sous mon porche, que je vois arriver la cavalerie : une trentaine de voitures qui s'arrêtent sur mon parking dans un vacarme assourdissant, emplissant l'atmosphère d'un nuage quasiment opaque. J'entrevois les bouseux qui sortent par deux des voitures, la plupart armés de fusils. Je distingue même des haches ! Ce qui m'impressionne vu la densité d'arbres au kilomètre carré que contient le désert. Y'a aussi le shériff et ses deux adjoints.

J'ai mon .44 et mes deux .45 planqués sur moi et mon fusil à pompe Ithaca dans les mains. Je calcule rapidement qu'au mieux, j'en abattrai une trentaine. Paradoxalement, la venue de ces cinquante péquenots m'intimide vraiment moins que la visite des deux agents du FBI. Je sais qu'il faut crier plus fort qu'eux pour leur faire peur.

Je me lève et me place en haut des trois

marches défoncées. Le nuage redescend lentement, nos regards se croisent. J'aime cette ambiance où l'homme se met au niveau de l'animal. Tout se joue dans les yeux. Si tu gagnes la bataille du regard, tu gagnes la bataille physique. C'est une règle d'or. Et cette situation me replonge irrémédiablement dans le passé. Je me sens revivre, ce qui m'apparaît un peu optimiste vu la scène. Toutes mes vieilles habitudes me reviennent rapidement. Mes yeux n'expriment rien. Ça, c'est un truc que j'ai appris en regardant les vieux films et qui marche. J'ai l'air menaçant et déterminé. En face, ils ne payent pas de mine, même si j'en remarque quelques-uns qui ont envie d'en découdre.

Le shériff s'approche, sans arme et s'arrête au pied de mon porche :

– Écoute, Harvey, ici on aime nos p'tites habitudes. C' qu'on déteste le plus, ce sont les gens qui viennent casser notre routine, tu vois. Alors comme on sait tous ici qu' c'est toi que les fédéraux cherchent, on a voté à l'unanimité pour que tu déguerpisses au plus vite. Personne ne t'a vendu, parce qu'on est pas des délateurs, mais on veut que tu disparaisses de Blue Fall Point.

– J' dois avoir un trou de mémoire, parce que je m' souviens pas que l'un d'entre vous soit venu me demander mon avis.

– Joue pas au plus malin, Harvey. Y'a des gars qui ont envie de te pendre, alors fais ce qu'on t' dit, ça évitera les problèmes.

Je les regarde un par un. Je sens que la plupart ne sont pas là de bon cœur et qu'aux premiers coups de feu, ils disparaîtront aussi vite qu'ils sont venus. Je laisse un grand blanc volontaire, pour voir ce qui va se passer.

Jo s'écarte un peu de sa voiture, un fusil dans les mains.

– Laisse-le-nous, shériff, on va se le faire !

– Ta gueule, Jo !

Jo me jette un sale regard.

– Écoute, continue le shériff qui commence à avoir ses nerfs, on te laisse dix minutes pour faire tes valises, monter dans ta caisse, et te tirer. Tu prends la route que tu veux, mais tu te tires… T'as dix minutes, Harvey !

En le regardant, je sais qu'il est sérieux. Je sens que si dans dix minutes, je suis encore là, il lâchera les chiens furieux de son bled. Sans répondre, je rentre chez moi, referme la porte et souffle un grand coup. Dehors, j'en entends quelques-uns qui s'marrent.

Deuxième problème de conscience en moins de douze heures. Ça fait beaucoup. D'un côté, ma raison m'ordonne de gicler du bled sans demander mon reste, et de l'autre, mon côté rebelle à toute forme d'autorité m'incite à refaire O.K. Corral dans l'instant. Et les rires de ces puceaux qui ne savent pas à quoi ressemble une vraie baston m'énervent encore plus.

Je me glisse derrière mon comptoir et me verse un bourbon. Va falloir que je me décide un jour ou l'autre. En fait, ce qui me préoccupe le plus, c'est que ça fait dix ans que je me planque pour échapper à la justice et que si je m'amuse à cartonner quelques péquenots, c'est carrément les chasseurs de primes que je vais avoir au cul. Putain !

Dehors, les minutes passent. Ceux qui rigolaient en me voyant entrer ne bêchent plus un mot. Je me décide finalement à cartonner quelques bouseux. Merci le FBI de m'avoir fait comprendre que j'étais toujours dans votre collimateur !

Quand ils vont tous tirer sur la cabane à l'aveuglette, il faudra que je sois bien planqué. Le comptoir me semble un bon endroit pour ça et j'enlève toutes les bouteilles et tous les verres que je fous à l'autre coin de la baraque. Pas envie de me retrouver criblé de bouts de verre.

– Il te reste cinq minutes, Harvey, déconne pas !

Sympa de m'indiquer le timing, shériff ! Je pousse des meubles au milieu de la pièce, à l'endroit où leurs balles auraient le plus de chance de m'avoir. Le remue-ménage que j'occasionne les inquiète au plus haut point. Puis je récupère quelques planches qui traînaient sous mon pieu depuis mon arrivée et je les coince devant le comptoir.

– Deux minutes, hurle le représentant de la loi américaine qui va cautionner le carnage.

Je ressors ma veste de chasseur de la malle, j'y fourre tout ce que je peux de munitions, de dollars et d'objets utiles et variés (comme un ouvre-boîtes) et l'enfile. Okay. Je crois que tout est prêt. Une dernière lampée de bourbon pour me conforter dans ma décision et hop. Je me rends compte que mon entreprise est totalement suicidaire mais qu'il est trop tard pour reculer. Saloperie de bourbon. Des fois, ça vous donne une sorte de conscience parfaite de la situation qu'il faudrait mieux ne pas avoir.

– C'est terminé, Harvey.

Silencieusement, je me laisse glisser derrière le comptoir. J'arme mon .44 et allume la visée laser. Le point rouge apparaît sur le plafond au-dessus de moi.

– Sors, Harvey. Merde, joue pas au con !

Je ne dis rien. Je les entends s'agiter. Mis devant la situation, ils ne savent plus quoi faire. Ils discutent. Je crois que d'un côté il y a Jo et ses potes, partisans de la destruction massive, et de l'autre, le shériff et une bonne partie de la population, partisans d'une solution à l'amiable. Mon sort va se jouer entre eux.

Les minutes s'égrènent. Je regrette de ne pas avoir gardé une bouteille à proximité pour faire passer le temps. Je crois qu'ils ont compris que j'étais prêt à tenir le siège. Au bout d'un bon quart d'heure de discussion, le shériff m'appelle.

– Je vais venir parlementer, Harvey. Fais pas le con, okay !

Je l'entends gravir les marches. Je me mets en position sur le comptoir et je cadre la porte, à la hauteur du buste. Elle s'ouvre et le shériff apparaît. Il n'a toujours pas d'armes en main, mais son ceinturon n'est pas loin. Il me regarde, baisse les yeux et aperçoit le point rouge à la hauteur de son cœur. Il relève lentement la tête. Il est livide.

– Déconne pas…

– Avance doucement et referme la porte derrière toi.

Ce qu'il fait, en prenant soin de ne pas faire de mouvements brusques.

– J'espère que tes petits gars n'ont pas prévu d'agir, parce que tu seras le premier à y passer.

– J'ai cinq minutes.

– Je t'écoute. Vas-y !

– Tu veux pas décaler ton flingue de moi, s'il te plaît.

– Si je le décale, c'est que j' t'aurai fait sauter le caisson.

– Okay. J'sais pas ce que t'as dans la tête, Harvey, mais tu t'es mis dans une situation dangereuse.

– Abrège le sermon, j'ai passé l'âge !

Il regarde mon dispositif de protection d'un air impressionné.

– On veut bien te laisser quelques heures, Harvey. Après, je ne réponds plus de rien.

– On verra ça. Pour l'instant, vous allez tous remonter dans vos voitures et aller boire un coup au saloon. Tant qu'il y aura l'un d'entre vous devant, je resterai là. Et comme tu peux le voir, je suis équipé.

– Je ne savais pas trop si c'était vraiment toi que les autres coincés du Bureau cherchaient, maintenant, je n'ai plus trop de doutes.

– Parfait ! Tu fais demi-tour et tu ramènes tes potes en ville. Bye !

– Ne sois pas là à la tombée de la nuit, Harvey !

Il se recule sans me tourner le dos, ouvre la porte et sort dehors. Quelques minutes plus tard, les voitures démarrent et s'éloignent.

J'ai gagné !

Mon ego se sent mieux. Je ne me suis pas plié à la décision de ces messieurs-qui-ne-savent-queboire-la-bière et ma raison emporte le dessus. Je vais monter dans ma caisse et me tirer loin de ce bled puant. Dans un endroit où il fait froid, ça me changera. Les images des buildings de Manhattan s'impriment devant mes yeux. Pourquoi pas, après tout ? Quitte à être encore recherché, autant que ce soit dans un endroit que j'adore.

Ma décision étant prise, je prépare mes affaires, les fourre dans les deux valises que je possède et grimpe dans ma voiture. Je ne sais pas si elle pourra me transporter jusqu'à la côte Est, mais c'est un problème qui me semble lointain pour le moment.

Pendant que je roule vers Blue Fall Point (je suis obligé de passer par là pour aller vers New York), je repense à ce qu'a fait la gamine du saloon pour moi. Elle m'a dit la vérité, ce que je ne croyais qu'à moitié, je l'avoue, et a pris un risque en venant me voir, vu l'état d'esprit des autochtones envers moi. Et puis je sais très bien pourquoi elle a fait ça. Comme tous les jeunes habitant un bled comme Blue Fall Point, elle ne rêve que de s'en éloigner le plus loin possible et oublier son éducation de bouseux sous-cultivé qui fait le charme des trous du cul du monde.

En arrivant en ville, je me gare devant le saloon, toujours dans un crissement de pneus, mais volontaire celui-là. On me regarde, on jette des coups d'œil aux valises posées sur la banquette arrière, on me juge ; je n'en ai que faire.

Il n'y a que deux personnes dans la salle, le shériff et un type qui s'appelle Ed. Je crois qu'il est armurier celui-là. Ils me dévisagent d'un drôle d'air. Le shériff n'a pas la tête d'un gars qui me tient rancœur de l'avoir braqué avec un calibre plus gros que son poing.

Je m'installe au comptoir. Shanon me regarde sans sourire. Je vois qu'elle se pose pas mal de questions sur ma présence en ce lieu.

– Un café, s'il te plaît.

Elle me le verse en me regardant droit dans les yeux. L'ambiance est étrange. Je sens qu'on aimerait bien me dire des trucs mais qu'il est préférable de ne pas le faire pour sa survie personnelle. Le shériff détourne les yeux de ma face de cake et regarde dehors. Quelques gus se sont attroupés devant ma caisse. Fusil et hache en main. Le shériff souffle un coup et me regarde à nouveau.

– T'aurais pu passer sans t'arrêter, qu'il me dit en évitant mes yeux.

– Ouais, je réponds simplement.

Il attend un moment avant de me poser la question fatidique : « Tu te tires ? »

– Ouais, je me tire, shériff.

Je l'ai dit en regardant Shanon droit dans les yeux. La lueur de l'espoir brille dans ses iris bleus.

Elle me regarde en me suppliant. Ouais, chérie, je sais ce que tu veux. Je crois qu'elle comprend.

– Hé, shériff…

Ça, c'est Ed qui s'inquiète pour sa survie.

– … laisse-moi une minute pour sortir.

– Vas-y, Ed.

Ed sort. Le shériff me jette un coup d'œil et sort à son tour. Il observe la foule agglutinée à ses pieds :

– C'est bon les gars, il s'en va. Rejoignez vos femmes, c'est ce qu'il y a de mieux à faire.

– On va attendre, crie Jo pour se faire entendre de tout le monde.

Quelques-uns acquiescent pendant que d'autres vérifient les munitions de leurs armes.

– Tu te tires avec moi ?

Shanon me regarde. Un large sourire, qui décidément me renverse à chaque fois, s'affiche sur son visage de gamine délurée.

– Ouais, elle me répond sans sourciller.

– On a pas le temps de prendre ta trousse de maquillage, j' te préviens.

– Ouais…

Elle enlève son tablier nerveusement.

– C'est parti.

Je lui prends la main et l'entraîne vers la porte. Je jette un coup d'œil prudent dehors. Quelques potes à Jo se sont installés sous les porches et observent l'entrée du saloon. Je me pose la question de savoir si ils tireront dans une voiture où il y a l'un des leurs. La réponse m'apparaît comme un éclair : on verra bien !

J'ouvre la porte grinçante et je sors sous les rayons brûlants du soleil. Shanon me suit, sa main dans ma main. Un tour d'horizon m'apprend que ce contact inattendu laisse pantois les péquenots. L'un d'eux, plus téméraire que les autres, s'avance au milieu de la rue.

– Qu'est-ce que tu fais, Shanon ?

Il tient un Lee Enfield dans les mains. Ça a l'air de le rassurer.

– Tu le vois bien, Al, je me tire avec Harvey !

– Mais tu peux pas faire ça !

Il a pas l'air de s'en remettre, le pauvre. On monte dans la voiture. Le péquenot s'avance, menaçant, le fusil de chasse braqué dans ma direction.

– C'est mon petit ami, me dit la gamine pour me rassurer.

Chouette alors ! Je dégaine le .44 hors de son champ de vision. Shanon regarde l'arme comme si elle n'en avait jamais vu de si grosse, ce qui me paraît à peu près normal vu sa taille.

– Tu y tiens ? je demande sur un ton neutre.

– Ça m'arrangerait que tu le descendes !

Okay baby. Mais je ne tue que sur contrat, désolé.

– Bouge plus, me balance à la face le gamin au Lee Enfield qui vient de s'arrêter à quelques mètres de la voiture.

Je tourne la tête et le regarde droit dans les yeux. J'arme le .44 et allume le viseur laser. Le point rouge vient s'imprimer sur l'intérieur de la portière.

– Arrête Al, hurle Shanon que la situation impressionne. Arrête, je veux partir.

– Et moi ?

– Je te hais, Al, tu pues sous les bras et tu baises comme un lapin.

Comme elle crie, la moitié de la population de Blue Fall Point se met à s'marrer en montrant du doigt le pauvre Al. J'aimerais pas être à sa place. Il se rend compte que tous ses potes sont morts de rire, Jo le premier, et il ne sait plus où se foutre. Il baisse son fusil. J'en profite pour démarrer, faire un demi-tour et m'éloigner pas trop rapidement. Je veux être prêt à réagir à la moindre alerte. Mais rien ne se passe et on prend la route sans qu'aucun péquenot ne se soit mis au travers de mon chemin.

La routine !!!

Le voyage

Au relais routier de Needles, Californie, où nous nous trouvons, peu de monde s'intéresse à nous. Une carte des États-Unis est étalée devant nous, entre les cafés et les cendars débordant de mégots. La serveuse, une mignonnette du coin, nous reverse notre dixième tasse de café. Faut dire qu'il est pas fort ! À travers la vitre crasseuse, je vois passer des soixante-dix tonnes qui tracent vers l'ouest sans s'arrêter. Assise au bord du comptoir, une prostituée attend son premier client de la journée. Deux bahuts repeints aux couleurs de l'Ouest sauvage stationnent devant la porte à côté de ma caisse.

– Tu veux vraiment retourner à New York ?

– Ouais. Là-bas je serai peinard au moins.

– Les fédéraux vont te retrouver !

– Quitte à ce qu'ils me retrouvent, je préfère que ce soit chez moi.

Elle boit son café cul sec comme d'autres boivent le scotch cul sec. Elle s'allume une clope et m'en propose une, que je prends avec plaisir.

– Alors ?

– Alors quoi ? je lui demande.

– Pourquoi t'es recherché ?

Elle me regarde en soufflant la fumée vers le ventilo qui marche pas. Pourtant, on est dans la ville la plus chaude du pays. Cinquante-cinq degrés Celsius de moyenne.

Franchement, je la trouve mignonne, mais faudrait pas qu'elle me gonfle trop longtemps.

– Ça t' regarde pas, poupée !

– Comme tu veux !

Je vois bien que ça la gonfle que je lui dise pas, mais j'en ai rien à foutre.

– T'es déjà sorti d'ton bled ou pas ?

– Une fois j' suis allée à Las Vegas, elle me dit sérieusement. J'avais treize ans j'crois, à l'époque. J'ai réussi à rentrer dans un casino et une boîte de nuit.

– Et alors ?

– Alors ? Au casino j'ai perdu toutes mes économies, à peu près deux cent cinquante dollars et dans la boîte, j' crois qu'elle s'appelait *Le Pacific*, j'me suis fait sauter par deux jeunes types du coin.

– Tu t'es fait sauter à treize ans ?

– Non... pas vraiment. En fait, ils m'ont plutôt violée.

Je réponds pas. C'est le genre typique d'histoire que j'ai entendu vingt-cinq fois dans ma vie et, bien qu'elles me touchent à chaque fois ces histoires, j'essaye de les ignorer.

La petite a l'air de le comprendre et passe à un autre sujet de discussion.

– Y'a pas trente-six routes pour remonter à New York ?

– C'est le moins qu'on puisse dire. Et comme j' suis recherché, va falloir respecter les limitations de vitesse et les stops.

– T'as assez de fric pour aller jusqu'à N.Y. ?

Je souris. Involontairement. Si elle se doutait que dans mes poches traînent plus de dix mille dollars en liquide, derniers reliquats de mes contrats de jeunesse, je suis persuadé qu'au premier moment d'inattention venu, elle ferait mes poches et disparaîtrait avant même de me dire au revoir :

– Non, mais on se débrouillera.

– Ouais, qu'elle me dit en s' marrant. On va s' faire une banque ou un truc dans le genre.

– Quoi ?

– Ouais, une banque ça rapporte. Tu sais, la première fois qu' j'ai vu *Thelma et Louise*, j'en ai pleuré. Depuis, à chaque fois que je vois passer une tire avec des gens que j' connais pas, je m' dis qu' c'est p't'être des hors-la-loi, des Bonnie and Clyde qui fuient une chasse à l'homme organisée par toute l'Amérique, enfin, un truc comme ça tu vois... Bon, là j' suis avec toi et toi t'es recherché par les fédéraux, c'est une situation analogue.

– Non, c'est pas analogue ma belle. Si tu crois que je ressemble à ce goret de Clyde Barrow, tu prends tes baskets et tu vas te trouver un autre cow-boy. J'ai pas l'intention de tuer des gens, ni de les voler, ni de les torturer ou de les prendre en otages. Moi, j' retourne juste à N.Y. okay ! Moi j' suis un pro, pas un troisième couteau ! Et toi t'es pas Bonnie Parker !

Elle relève ses yeux bleus qui me chavirent :

– J' peux l'être quand tu veux mon chou !

Je soutiens son regard qui me rappelle trop celui... enfin bref.

– Bonnie and Clyde, c'est pour les puceaux ma belle !

– Okay ! Nous on est Harvey et Shanon, ça sonne bien aussi ! Et ma proposition ?

– Y'a pas eu de proposition ! je dis, pas très sûr de moi.

Elle me sourit, révélant ses rangées de dents bien entretenues.

La nuit tombée, on prend une piaule dans un motel minable de Bellemont, Arizona, à quelques miles de Flagstaff, face à la highway 40 et la route 66. La particularité de Bellemont est d'être la ville la plus haute du continent, ce qui m'impressionne un peu. Les cafards se baladent en liberté et ça sent le renfermé. Le gérant, un type avec cent kilos de trop, nous donne la suite nuptiale. Putain, j'ai toujours rêvé de pioncer dans une suite nuptiale.

Pendant que Shanon se refait une beauté dans la salle de bains, j'allume le poste. Y'a que quarante chaînes et je les zappe en moins d'une minute. Ça va, j'ai pas trop perdu le rythme ! Je m'aperçois que pas avoir eu la télé pendant toutes ces années ne m'a pas trop manqué : le lot de mauvaises nouvelles et de mauvaises séries est toujours le même. Je remarque juste qu'on a pondu une nouvelle série de *Star Trek* avec un capitaine chauve qui a un nom de surgelés français. La déchéance, quoi !

La gamine ressort de la salle de bains tout en beauté. Ses cheveux blonds trempés tombent sur ses épaules dénudées, une serviette nouée au niveau de la poitrine laisse deviner tout ce qu'il y a à deviner. Elle se brosse les cheveux et vient s'asseoir sur le lit à côté de moi. Je regarde un cartoon débile.

– T'aimes bien les dessins animés ?

– J'ai horreur de ça !

Ce qui est tout à fait vrai, mais ça ne semble pas la convaincre.

– J' voudrais m'acheter quelques chiffons demain, ça t'embête pas ?

– Fais ce que tu veux !

– Tu pourras me filer cent dollars ?

– Ouais.

Mes hormones jouent le rock'n roll, mais je me retiens. Pas question que je me fasse une mineure ! Non, pas question, je suis un homme à principes. Elle croise ses jambes et révèle ses cuisses bronzées et proportionnées. Merde ! Je résiste. Faut que je boive un coup.

– J' vais boire un coup, poupée.

– À tout à l'heure.

Je sors de la piaule et m'allume une clope. Je repère le saloon le plus proche et m'y dirige. La clientèle est composée de bouseux et de truckers, ce qui me change peu de Blue Fall Point. Des entraîneuses habillées en lapins sillonnent la salle. Je m'assois à une table déserte et commande un triple scotch sans glace, de quoi me remettre les idées en place. C'est une fille charmante qui me l'apporte et s'assoit en face de moi. Elle a vraiment une sale gueule.

– Tu t'appelles comment ? elle me demande.

– Ray !

– Ray, c'est un joli prénom ça !

– Ouais.

– C'est vingt dollars la pipe et cinquante dollars l'amour.

– Tire-toi !

– Pauvre con !

Je la regarde s'éloigner sans problème de conscience. Mon dernier pote que j'ai vu partir avec une pute, c'était en 88, il est mort du sida. Je sais plus comment il s'appelait d'ailleurs, mais c'est pas le problème.

Un gros barbu qui donne pas confiance s'approche de moi avec deux de ses potes. Au juke-box, y'a Garth Brooks qui beugle *Victim of the game*.

– Une partie de poker ? me demande le barbu.

– Yep !

Ils s'installent et on commence à jouer. Je me souviens qu'on est en Arizona et que les flingues sortent facilement dans le coin, alors je décide de pas tricher. Je perds quatre cents dollars et j'engloutis l'équivalent d'une demi-bouteille de scotch, ce qui me fait pas plaisir.

– On se sent pas fier l'étranger ! me dit un pote du barbu en ramassant le magot.

En parlant de sentir, j'ai l'étrange impression qu'on est en train de m'entuber. Ça me rappelle mes jeunes années à Courtson Cave. Je distribue les cartes. J'ai repéré qu'elles sont marquées classiquement, j'ai déjà joué avec ce type de jeu. Je me distribue quatre as et laisse au barbu, pour le faire baver, un fool aux rois par les dames. Aux deux autres je leur abandonne simplement une double paire et un brelan.

La mise monte, on avoisine les cinq cents dollars. Comme je cache le dos de mes cartes, le barbu n'arrive pas à savoir si j'ai la main ou pas et continue à miser. Il a joué servi, tout comme moi. Ses yeux se baladent dans ses orbites sans savoir où aller ! Pauv' type ! Il est tout blanc. Ses petits copains se couchent après avoir misé deux cents dollars et nous regardent, pas fiers. Ils ont compris que j'avais compris. Pour sauver ma mise, mais je sais déjà que j'ai regagné les tunes que j'ai perdues, j'hésite une demi-seconde à le suivre avant de poser au centre les cinq cents dollars qu'il me reste (sur les mille que j'ai posés au début). Cette hésitation lui redonne confiance et il place aussi cinq cents dollars. Je révèle mon jeu sans préambule inutile et souris. Évidemment, j'ai gagné. Je ramasse le pactole et le fourre dans mes poches. Bande de bitos ! À N.Y., ils sont dix fois meilleurs que vous et je les plume quand même.

Le barbu semble pas apprécier la plaisanterie. Comme j'ai pas envie de me faire repérer par les flics pour une quelconque baston, je laisse dépasser les crosses de mes .45 dans mes doubles holsters, ce qui calme instantanément leur tension machiste. Ils me regardent sortir sans broncher. Avec l'alcool que j'ai ingurgité, je me sens en état pour faire plein de cochonneries avec Shanon.

Quand je rentre dans la piaule, elle ronfle comme une tondeuse asthmatique trop pleine. Bravo Mac !

Je me réveille avec l'impression bizarre de me sentir bien, ce qui est vraiment pas normal. J'ouvre les yeux, je vois le plafond fêlé, je prends conscience que la télé hurle un talk-show pour lobotomisé et...

... Shanon, allongée sur le lit, à poil, me suce tranquillement. Le choc ! Je n'ose bouger tant les sensations qui m'assaillent me rappellent l'époque où ce genre de réveil était courant. Elle lève les yeux vers moi sans arrêter pour autant sa pipe. Ouais, c'est cool...

Une fois terminé, elle va se rincer la bouche et se laver les dents. Moi, je reste là bêtement à me dire que c'est pas si mal de se balader à travers tout le pays avec une gonzesse qui sait sucer.

– Pourquoi t'as fait ça ? je lui demande en m'habillant.

– Parce que j'en avais envie.

– Tu pourrais me demander mon avis avant !

– Ça t'a pas plu ?

Je ne réponds pas. Au moment de partir, la gamine me rappelle que je lui avais promis cent dollars pour s'acheter des fringues. Je lui file et je la vois déguerpir aussitôt. J'hésite à me tirer en la laissant dans ce trou et puis je me dis que ce serait quand même vachement dégueulasse.

Elle rapplique au bout d'une demi-heure et j'en reste le cul sur le capot. J'ai du mal à la reconnaître. Elle a changé de coiffure, ce qui lui donne un visage un peu plus mûr, on pourrait presque lui donner vingt-deux ans, et elle porte un tailleur rouge vraiment sexy et des talons aiguilles.

Elle tourne sur elle-même en se marrant.

– Alors, tu m' trouves comment, chéri ?

– Ben, j' sais pas trop.

– J' suis bien ou pas ?

– Ben… tu trouves que c'est une tenue pour faire de la route ? Y'a plus pratique, non ?

– Je m' suis dit qu'on allait à N.Y. et que là-bas c'est pas Blue Fall Point et dans les feuilletons y montrent tout le temps des femmes super bien habillées et comme j'ai pas envie de passer pour une bergère j'ai acheté ça !

Je la regarde, impressionné par son discours prononcé sans changer de ton et sans aucune ponctuation.

– Ouais, ben faudra faire des efforts de langage et d'accent si tu veux faire une bonne N.Y.

– Ah bon, pourquoi ?

Amarillo, Texas ; Oklahoma City, Oklahoma ; Fort Smith, Little Rock, Arkansas ; Memphis, Nashville, Knoxville, Tennessee ; après on traverse toute la Virginie et quelques miles de Virginie occidentale, suivie de la Pennsylvanie et du New-Jersey.

Cinq jours, six pipes et quelques problèmes plus tard, on voit enfin s'élever les gratte-ciel de N.Y. devant nos yeux éblouis.

Mon retour fracassant

JE GARE la caisse qui ne ressemble plus à une caisse après un voyage pareil dans une ruelle de Bedford Stuyvesant, le pire quartier de Brooklyn, à deux pâtés de maisons de Courtson Cave. Le coin a pas changé, il est toujours aussi crade et les gamins jouent toujours au milieu de la rue sous le regard vigilant des gangs du quartier.

Je sais pas trop pourquoi, mais j'ai toujours apprécié cette ambiance de pauvreté et de joie de vivre.

La gamine regarde tout ça d'un œil impressionné. Elle est tout intimidée la pauvre et avec son allure à la Nicole Kidman dans *Prête à tout*, elle détonne un peu. Je lui prends la main et on se dirige vers le club.

Je repère un clodo dont la tête me dit vaguement quelque chose mais que je ne remets pas. Je m'approche.

– Une p'tite pièce pour m' laver, m'sieur.

Je sors un bifton de dix dollars que je lui agite sous le pif.

– S'il vous plaît, supplie-t-il comme une larve.

Je le laisse tomber devant lui. Il le ramasse plus vite qu'une mouche se jetant sur une fiente et relève la tête vers moi, une expression pleine de gratitude sur son visage pustuleux.

Qui disparaît aussi vite qu'elle était apparue.

– Merde, qu'il baragouine dans sa barbe de deux ans. Merde !

Je souris bêtement. Lui, il me reconnaît, mais moi, sa tronche arrive pas à s'aligner avec les noms dont j'ai encore le souvenir.

– Merde, il répète en se levant. Merde, c'est toi Mac ?

– Ouais, c'est moi, Mac.

– Merde alors. Merde, t'es de retour ?

– Ouais.

Comme je le dévisage bizarrement, il comprend que sa trogne me dit rien.

– C'est Bernie, Mac. Bernie, tu t' souviens, merde !

Bernie ! Putain, bien sûr que ça me revient. Bernie, un des piliers de bar de Courtson Cave. Bernie l'alcoolique, Bernie qui frappe sa femme du matin au soir, Bernie qui louerait sa grognasse contre quelques dollars.

– Bernie, je dis en souriant. T'as l'air d'être dans une fâcheuse posture.

– Ouais, Mac, j' suis à la rue depuis cinq ans. Après ton départ, tout est parti en couille. Les fédéraux ont arrêté la moitié de la bande et le reste est parti dans la nature. Sal, Job et Arthur, ils ont pris le premier avion pour l'Europe. James, il s'est tiré une balle dans la tête trois jours après le massacre. Moi et Arnie, on a pris deux ans de taule et depuis c'est l'enfer.

– Et ta femme ?

– Virginia ? Elle s'est tirée avec un routier pendant qu' j'étais au coffre la salope. Mais maintenant, t'es de retour, tout va changer.

– Ouais, on verra ça. À plus Bernie !

Avant qu'il ait le temps de me retenir, je trace plus loin en tirant Shanon qui ne comprend rien. Ça me donne envie de gerber d'avoir des nouvelles comme ça. Peut-être bien que j'aurais pas dû revenir, ça m'écœure d'entendre ce genre de truc.

– T'étais un caïd ou un truc comme ça, c'est ça Harvey ?

– Non. Et m'appelle pas Harvey, poupée.

– J' t'appelle Mac ?

– Ouais !

Pour éviter les fédéraux qui planquent forcément devant un club comme Courtson Cave, on va prendre l'issue de secours. On grimpe par les escaliers extérieurs d'un immeuble en briques rouges qui borde celui où se trouve le club et on entre par une fenêtre toujours ouverte dans un long couloir interminable. De l'autre côté de la rue, j'entends une vieille beugler dans notre direction. Ça m'éclate de voir Shanon me suivre avec son tailleur et ses talons aiguilles. Mais ça a l'air de l'amuser nos p'tites acrobaties.

On redescend par les escaliers intérieurs jusqu'au premier étage. La population du coin a changé. Y'a beaucoup plus de nègres et de métèques qu'avant. Ils squattent les couloirs en fumant de l'herbe et sifflent en voyant passer la gamine. Putain, c'est vraiment plus pareil. Y'aurait eu une époque où tout le monde serait venu me dire bonjour. Maintenant, c'est de la merde.

Arrivés au premier, on se glisse par un trou d'aération dans l'immeuble d'à côté. C'est crade, le passage a plus été emprunté depuis des siècles. Un groupe de métèques clochards nous regarde nous faufiler là-dedans avec des yeux tout ronds. Après, on descend jusqu'au sous-sol, on pénètre dans les caves et on s'enfonce dans les profondeurs souterraines. Arrivé devant la porte numéro six cent quatre, je l'ouvre et me retrouve dans la cuisine du club. Shanon arrête pas de beugler que son tailleur est foutu, que j' suis qu'un con et que j' pourrais prendre les portes comme tout le monde.

– Ferme-la !

– Mais t'as vu pauv' con dans quel état j' suis. Merde, il m'avait coûté soixante-dix dollars ; t'es qu'un…

– Tu dis encore un mot et j' te bute !

Je dois avoir l'air convaincant parce que je l'entends plus.

La cuisine est dévastée. Des toiles d'araignées gigantesques ont envahi les fourneaux, les meubles, et les frigos, dont les portes sont grandes ouvertes et donnent sur une pièce qui n'a pas l'air froide du tout.

Je m'avance. Shanon me suit doucement. Je passe ce qu'il reste de porte pour me retrouver dans la salle principale. Elle est dans le même état que la cuisine. Tout a été muré, des minuscules vasistas en haut des murs à la double porte d'entrée. La plupart des tables et des chaises ont disparu. Le gros ventilo donné en cadeau par « Lucky » Luciano en 1927 aussi. Le comptoir est recouvert d'un drap. J'appuie sur l'interrupteur mais y'a plus d'électricité. Avec mon Zippo, je m'allume une clope et j'avance jusqu'au comptoir. Y'a encore quelques bouteilles qui traînent sur la grande étagère, elle aussi occupée par les araignées.

– Qu'est-ce qui s'est passé, Harvey ?

– Ta gueule !

Près de l'entrée, je vois, dessiné à la craie, la position des deux corps que j'avais étendus y'a dix ans. Ouais, ma plus grosse erreur !

La nuit tombe sur Brooklyn. Par la fenêtre de l'hôtel à cafards où on a pris une piaule, j'essaye de reconnaître des visages familiers, mais y'a que dalle bordel de merde. Je me croirais dans un autre pays et à une autre époque. Même les putes n'ont plus de classe. Avant, c'étaient des dames, des vraies, pas des greniers à sperme payants, merde.

J'ouvre ma deuxième bouteille de bourbon. Tout ça me donne envie de me foutre une balle dans la tête, même si je sais que j'ai pas assez de couilles pour faire ce genre de bêtise.

Shanon, allongée sur le lit, regarde la télé. Elle moufte plus un mot depuis que je lui ai dit de la fermer.

Le lendemain matin, je me réveille avec ma petite pipe quotidienne et ma gueule de bois. Bon, au moins elle a pas perdu les bonnes manières !

– Ça va mieux aujourd'hui ? elle demande quand elle a fini.

– Non, mais j' suis de meilleure humeur.

– Qu'est-ce qu'on va faire ?

Elle s'approche pour m'embrasser et je la repousse.

– Va te laver la bouche, merde, c'est dégueulasse…

Elle se lève et va dans la salle de bains.

– … On va essayer de retrouver deux personnes. J' veux savoir ce qu'elles sont devenues.

– Ch'est ki ? elle marmonne plein de dentifrice sur les dents.

– Des amis, tu verras bien.

Les airs de blues du samedi soir de Old Boy me reviennent petit à petit. Je me demande s'il est encore en vie. Il avait fêté ses quatre-vingt-douze ans trois jours avant le massacre. Ça lui en donnerait à peu près cent deux maintenant. Y'a que lui qui savait jouer certains airs. Il était à Courtson Cave depuis sa création, en 1925 je crois. C'était un speakeasy alors, un club qui vendait de l'alcool en pleine prohibition. C'est Luciano qui l'avait construit, avec l'argent de la mairie de New York. La bonne époque.

– Faudrait se racheter des fringues, qu'est-ce que t'en penses ?

– C'est pas une conne idée ça.

Je regarde mon jeans, mes tiags, ma chemise à carreaux et ma veste de chasse et je conclus que la réflexion de la gamine n'est pas dénuée de sens.

Une heure plus tard, on vient de claquer cinq cents dollars. On se regarde dans une glace en sortant des boutiques, elle et moi, côte à côte, et je me dis que rien n'est perdu. Je porte un costume Armani blanc sur un tee-shirt noir et j'ai décidé de garder mon Stetson. Je l'aime bien celui-là. Shanon a racheté un tailleur, un Karl Lagerfeld cette fois, et j'avoue qu'elle est plutôt bandante habillée comme ça. Bon, comme on a retrouvé un peu d'allure, ça me redonne le moral. On passe chez le coiffeur et on ressort tous les deux beaux comme des as. Elle m'embrasse pour me remercier de ce que je fais pour elle.

Je retrouve Bernie à la même place qu'hier et je le traîne boire un coup. Il ouvre des yeux tout ronds en nous regardant, déshabille Shanon des doigts de pieds jusqu'à ses mèches de cheveux.

– C'est qui celle-là ?

– C'est Shanon.

Il la regarde encore et s'en désintéresse aussitôt.

– Bernie, j' vais te poser quelques questions et t'as intérêt à bien y répondre.

– Ouais. J' vais prendre un whisky.

– Après. Où sont passés Sam et Snake ?

– Sam et Snake ? il me dit en clignant bizarrement des yeux. Il a l'air nerveux d'un coup. Sam et Snake ? il redit sur le même ton.

– Ouais. Sam et Snake, qu'est-ce qu'y sont devenus ?

– J' pourrais avoir le whisky avant ?

Je vais acheter une bouteille et je prends trois verres. Il en boit deux d'un coup. Il cligne toujours aussi bizarrement des yeux.

– Tu m' réponds, merde !

– Bon, j' vais t' répondre, mais tu vas pas me flinguer hein ? Promis ?

– Accouche ou je m'énerve ! je hurle presque.

Des gens se retournent vers moi. J' les emmerde !

– Oui, oui... Il reprend un whisky. Snake, j' l'ai pas r'vu depuis la fermeture de Courtson Cave. Mais on m'a dit... j' suis presque sûr qu' c'est vrai, qu'il était devenu adjoint du maire. Un truc comme l'urbanisme je crois.

– Adjoint du maire ?

Je dois avoir un air vachement incrédule.

– Ouais, adjoint au maire. On m'a aussi dit qu'il touchait plein de fric et qu'il habitait un hôtel particulier du côté de Manhattan. J' sais pas comment il a fait pour en arriver là, mais en tout cas il y est.

Il boit son verre cul sec et s'en ressert un.

– Et Samantha ?

Je vois du coin de l'œil Shanon qui me lorgne de côté.

– Sam, j' l'ai revue deux ou trois fois. Elle non plus elle a pas été embêtée par les fédéraux.

Il boit son verre et dit plus rien. Je suis sur les nerfs. Je l'attrape par le nez et je le tire vers moi. Il se retient pour pas hurler.

Un serveur s'approche en me demandant de me calmer.

– Ta gueule fils de pute, je lui dis gentiment…

Je laisse dépasser des bords de ma veste les crosses des deux .45. Il repart.

– … Tu me réponds ! Tu l'as revue où Sam ?

– À Manhattan aussi. Lâche-moi, c'est bon.

Je le relâche. Il frotte son nez tout rouge.

– Je t'écoute !

– La première fois, elle se promenait avec une amie à elle que j'connais pas, du genre grande dame bourgeoise, tu vois. Quand j'ai été la voir, elle est partie rapidos pour m'éviter alors j'ai pas cherché à aller plus loin. Et puis y'a un an à peu près, j' me promenais du côté du Queen et j'ai vu débarquer une putain de limousine noire. C'est pas courant dans le quartier, alors j'ai regardé. Y'a deux gardes du corps qu'en sont descendus et qu'ont ouvert à Sam. Elle est entrée dans un immeuble, y'a eu des coups de feu et elle est repartie. Dans une piaule, y'avait deux macchabées qu' j'avais jamais croisés d' leur vivant.

– Deux macchabs ?

– Ouais, c'est ça, deux macchabées. Les voisins y disaient que c'était bien fait pour eux, qu'ils auraient pas dû tremper dans les magouilles et qu'ils méritaient ça. C'est Sam qui les a descendus, c'est ce qu'y m'ont dit aussi.

– Sam a tué deux types qui magouillaient, c'est ça que tu me racontes ?

– Moi, j' te dis c' que j'ai vu, Mac, sans déconner. J' sais bien, ça paraît incroyable, mais c'est comme ça, merde. Ouais, merde, c'est comme ça !

L'envie de lui exploser sa tronche de pisseux me démange vraiment. Mais je le fais pas, j'ai encore des questions à lui poser. Shanon se tortille sur son siège, elle a pas l'habitude des manières du coin. Je crois que je la choque un peu.

– Ils en sont où les fédéraux ?

– Les fédéraux, qu'il dit tout surpris de ma question. Qu'est-ce qu'ils ont les fédéraux ?

– Ils me cherchent encore. Et ils vont jusque dans le trou du cul du monde pour essayer de me trouver.

– Ça m'étonnerait ça !

Il a l'air sûr de lui, ce qui me trouble un peu :

– Pourquoi ça t'étonnerait, merde ?

– C'est fini depuis des années l'affaire Courtson Cave, Mac. Les fédéraux ils ont classé c't'histoire.

– Y'a pas prescription au bout de dix ans pour un double meurtre.

– Mais l'assassin il a pris perpète depuis huit ans !

Je marche dans les rues pourries de la ville comme un zombie. Shanon me suit comme un toutou docile et je préférerais qu'elle soit au pôle Nord. Y'a un gus derrière les barreaux pour un double meurtre que j'ai commis. Pourquoi pas après tout, mais j'aurais préféré le savoir plus tôt. Y'a trop de nouvelles d'un coup, j'aime pas ça, ça me déstabilise. Déjà que je suis pas très net...

J'entends la gamine pousser un petit cri derrière moi. Je me retourne et elle regarde un journal dans un kiosque merdique tenu par un polack.

– Viens voir, Harvey !

Je la rejoins. En première page d'une édition nationale, y'a un gros titre qui me fait moi aussi pousser un petit cri. J'achète le canard en question et on va s'asseoir sur un banc.

Le titre c'est : « Le double meurtre de Blue Fall Point reste une énigme. » Shanon, elle me regarde d'un air de chien battu qui comprend rien à cette histoire de fou. T'es pas la seule, chérie !

Dans l'article, on apprend que les deux soi-disant agents du FBI ont été retrouvés descendus en plein désert, près d'une station service abandonnée. Une petite photo noir et blanc de mauvaise qualité m'indique que c'est de ma baraque qu'ils parlent. Une équipe de fédéraux a débarqué là-bas pour tenter d'identifier ces deux types qui se baladaient depuis trois semaines dans le Nevada à la recherche de quelqu'un. Les enquêteurs ne négligent aucune piste.

Bon, premier détail : mon nom n'apparaît nulle part. Deuxième détail : si c'était pas des gus du FBI, pourquoi est-ce qu'ils me cherchaient, putain ? Et enfin troisième détail : mon ego se sent comblé pour les bouseux de Blue Fall Point qui n'aiment pas être dérangés et qui ont une pléiade de journalistes et d'inspecteurs sur le dos. Qu'est-ce que je donnerais pas pour voir leur tronche !

Pour se remettre les idées en ordre, parce qu'en ce moment y'a pas grand-chose à sa place, on rentre à l'hôtel. Je tuerais bien quelqu'un pour me défouler mais c'est hors de question. Je trouve un palliatif en la personne de Shanon que je jette sur le lit en faisant attention de ne pas abîmer son tailleur Karl Lagerfeld, que je lui enlève et que je plie soigneusement, tout comme mon costume d'ailleurs. Après, c'est l'apocalypse, enfin, peut-être pas, mais on s'amuse bien. On baise pendant une heure et une fois terminé on se fait un gros câlin. Je m'aperçois que je l'aime bien la gamine et que dans les trous du cul du monde, les jeunes filles apprennent à faire plein de cochonneries très cool.

L'étape d'après s'appelle « confidence sur l'oreiller » et le charme de la situation me rend un peu plus bavard que ce que j'aurais souhaité :

– T'es un tueur ?

– Non, plus maintenant. J'ai pris ma retraite y'a dix ans, le jour où j'ai flingué deux flics.

– Pourquoi tu les as flingués ?

– Erreur de jeunesse.

Là, je n'ai vraiment pas envie de me livrer par contre.

– Tu tuais qui ?

– Des gens qui gênaient d'autres gens.

– Tu tuerais encore s'il le fallait ?

– Pour rire, mais pas sérieusement.

Elle semble prendre ça comme une plaisanterie. Mais ce n'en est pas une. Flinguer un gars ne m'a jamais posé de problème de conscience. La différence maintenant, c'est que je ferais ça pour me défouler, pas pour de l'argent. Enfin, je dis ça sur l'oreiller, donc ça n'a pas beaucoup de crédibilité.

– Et Courtson Cave, j'ajoute comme pour me

justifier, c'était mon club. Le meilleur de tout New York. J'étais le roi, l'empereur des nuits de Brooklyn.

– Mon pauvre petit crapaud, elle dit attendrie en s'allongeant sur moi. Je suis certaine que tu es très triste et qu'il faut te consoler.

– Mouiii…

Et c'est reparti pour un tour.

Manhattan

MANHATTAN, c'est un coin que j'adore et que je déteste, les deux en même temps. Je déteste parce que ça représente pas du tout l'ambiance de N.Y. c'est-à-dire les quartiers populaires et puants de Brooklyn, du Queen ou du Bronx. J'adore, parce qu'à Manhattan, on voit les plus belles femmes d'Amérique, on trouve des magasins de luxe et ça pue le fric à dix poubelles de là. Je trouve ça fabuleux.

Shanon aussi, elle a l'air de trouver ça fabuleux. Elle est accrochée à mon bras de peur de se perdre et elle tourne la tête partout autour d'elle pour regarder cet univers étrange tout droit sorti d'un putain de cauchemar de Kafka. Elle s'arrête devant les vitrines et regarde les robes, les montres en or et les bijoux à mille dollars pièce en me jetant des petits coups d'œil suppliants.

– Crève, chérie, je te payerai rien aujourd'hui.

– S'il te plaît, s'il te plaît, s'il te plaît…

– Crève, je te dis !

Un pâté de maisons plus loin, je l'aide à transporter tous ses sacs. Et elle a l'air de ne plus rien avoir à foutre de moi. Elle m'a bien eu la gamine !

Par contre, les deux méchants aux tronches de boxeurs défoncés qui nous suivent depuis qu'on a quitté l'hôtel ont plutôt l'air de s'intéresser à moi.

– Tiens, voilà cent dollars, que je dis à Shanon en lui tendant un billet. Tu vas t'acheter quelques chiffons, je t'attends ici.

– Merci, mon chéri.

Elle m'embrasse et disparaît instantanément dans une grande surface. Je me retourne et regarde les deux enculés. Ils ne bougent plus. Je m'avance vers eux en souriant, mais je dois avoir un sale sourire parce qu'ils font demi-tour et se barrent en courant.

Je sais pas trop si mon endurance est toujours aussi bonne qu'avant, mais je me lance derrière eux. Ils bousculent les passants, renversent un vieux et tournent dans une impasse. Eux, ils connaissent pas Manhattan à ce que je vois. Je m'arrête à l'entrée. Ils sont à une dizaine de mètres et regardent le mur devant eux. Celui qui a une grosse cicatrice le long du pif s'approche de moi, menaçant.

– Ben alors les gars, vous aimez pas mon sourire ?

Apparemment, non. Le type se jette sur moi. Je le réceptionne avec un coup de pied, enchaîne deux droites dans sa tronche de boxeur défoncé pas compétent, termine par un crochet dans le buffet et un coup de genou dans le menton. Je suis surpris, je m'attendais à une résistance, mais y'a rien eu.

La pauvre loque gît à mes pieds en se tortillant comme un poisson qui aurait plus d'air, ce qui est sûrement son cas.

L'autre regarde son pote et dégaine un flingue. Moi mes deux .45.

– Pourquoi vous me suivez ?

– Laisse-moi partir !

– Okay…

Je m'écarte un peu et lui fait signe d'y aller. Il est tout troublé que je discute pas. Il s'avance, passe devant moi et part en courant. Je range mes flingues et ramasse la loque qui reprend vaguement ses esprits. Je l'entraîne au fond de la ruelle, derrière les poubelles.

– T'as dix secondes pour tout me dire. Après, ta pauvre mère viendra pleurer ton corps sans tête.

Il rigole et s'arrête aussi sec. J'ai vraiment l'air sérieux.

Et je le suis.

– C'est le patron, il nous a dit de te suivre, voir qui tu rencontrais, de noter tout ce que tu ferais.

– Il s'appelle comment ton patron ?

– Mac Dodger Harris.

J'ai envie d'éclater de rire mais je me retiens.

– Il t'a dit que je m'appelais comment ton patron ?

– Il nous a rien dit, il nous a juste montré ta photo.

Je fouille ses poches et sors son larfeuille. Quelques billets de dix et de cinquante dollars, sa carte d'identité que je fous dans ma poche, des cartes de visite qui indiquent qu'il est agent de sécurité dans une boîte qui s'appelle Securitek, un plan du métro et deux capotes. Je trouve aussi un téléphone cellulaire dans sa poche intérieure. Je le lui donne.

– Appelle-le !

En tremblant, il compose un numéro que je note sur une feuille en même temps.

– Allô… passe-moi le patron… Patron, c'est Jules…

Je lui prends le téléphone des mains.

– Salut gars ! Je sais pas à quoi tu joues, mais je supporte pas les photocopies noir et blanc.

Pas de réponse. Mais il raccroche pas.

– Je te file rancard dans une heure devant le

siège des Nations unies. Si t'y es pas, je bute ton pote et je viens te buter après. Bye.

Je raccroche, remets le cellulaire dans sa poche intérieure et prends son arme. Je récupère le chargeur que je fous avec tout le reste dans ma poche.

– Tu restes avec moi. Si t'essayes quoi que ce soit, je te coupe les couilles…

Je lui tends un mouchoir.

– … Et puis essuie tout ce sang, merde, ça va faire peur à ma copine.

Une heure plus tard, on est tous les trois debout au milieu de l'esplanade dominée par le bâtiment des Nations unies. Shanon discute tranquillos avec Jules. Je l'observe en me disant que de mon temps, les hommes de main étaient pas des couilles molles. Moi, je suis sur mes gardes, prêt à plonger derrière la grosse poubelle pas loin si ça commence à flinguer.

Je vois arriver une grosse Mercedes noire aux vitres teintées. Y'a Jules qui interrompt Shanon pour me dire que c'est la caisse de son boss. Je prends même le temps de le remercier.

Elle s'arrête à quelques mètres de nous. Le chauffeur, un grand gars qu'a pas l'air sympathique, en sort, contourne l'engin et ouvre la porte arrière. Il la tient ouverte en m'invitant à y entrer. Je m'approche et je jette un œil à l'intérieur.

Snake est assis sur le siège, deux coupes de champagne dans les mains, et il se fend la gueule en voyant ma tronche déconfite.

– Qu'est-ce que t'attends, Mac ?

Je m'assois à côté de lui. Le chauffeur referme la portière et reste figé devant, les mains jointes derrière.

Snake a pas changé. Il fait toujours son mètre quatre-vingt-dix, ses cent kilos de muscles et il est toujours coiffé en brosse. Son costume est un Ralph Lauren, je vois que ses goûts n'ont pas pris une ride.

– Alors, tu la trouves pas bien ma blague ?

– Putain, Snake !

– Je savais que tu rappliquerais dès que tu entendrais ton nom. Je leur avais dit de se défendre au cas où, mais ils ont pas l'air d'avoir fait le poids mes deux gros bras.

On se serre la pince, on se tapote les épaules. Ça fait du bien de revoir quelqu'un de connu. Snake, c'est mon meilleur ami. On est comme les dix doigts de la main. On a fait les quatre cents coups ensemble. On se dévisage pour voir ce qui a changé, quelles rides on a pris, bref, le rituel de deux amis qui se retrouvent après une longue séparation. Enfin, je suis content d'être à N.Y. !

– C'est ta pute ? il me demande en me montrant Shanon du doigt.

Pour lui, une pute c'est la nana avec qui tu sors. Avant, on se les échangeait à tout bout de champ.

– Ouais. Je viens de traverser tous ces putains de States avec elle... T'as toujours ta queue de billard ?

Il sourit et m'indique le coffret posé à ses pieds :

– Je ne m'en sépare jamais. Jamais ! Et toi, t'as toujours ton Automag en céramique ?

À mon tour, je souris et sort le .44.

Il me tend un verre.

– Tiens Mac, on a pas mal de trucs à se raconter. Alors à ton grand retour.

– À mon grand retour !

Snake se met à hurler de joie dans la voiture. Elle doit être insonorisée parce que personne l'entend dehors.

– Ouahhhouuuuu, et c'est reparti comme avant !

Son hôtel particulier est spacieux, plein de classe et sent le fric à trois pâtés de maisons à la ronde. J'ai présenté Shanon qui n'a pas pu en placer une durant tout le voyage parce que Snake a pas arrêté de parler. Je sens qu'il est content de mon retour et ça me fait plaisir.

– Karl, lance-t-il au majordome, t'emmènes la poulette dans une piaule. Tu viens, Mac, on a plein de trucs à se dire.

On se retrouve dans son bureau, une pièce avec baie vitrée qui donne sur un jardin particulier. Y'a des photos de Courtson Cave partout dans la pièce. Juste au-dessus de son bureau, y'a le gros ventilo de Luciano.

– J'en ai sauvé le plus possible avant qu'il soit muré, il me dit pendant que je regarde chaque photo.

Toute la bande y est, en train de s'amuser, de boire, de rigoler. Sur plusieurs, y'a Samantha. Même dans mes souvenirs elle était pas aussi belle.

Je m'aperçois aussi que son bureau c'était le mien au club. Et tout ce qu'il y a dans cette pièce, jusqu'aux bibelots disséminés un peu partout, provient du club. Ça me fout un coup de voir tout ça là. C'est comme si je venais de régresser de dix ans en une seconde.

– Vas-y, assieds-toi !

Il me montre le lourd fauteuil de cuir marron sur lequel j'ai usé plus d'un futal. Je m'installe. Il est toujours aussi confortable. Snake s'installe en face de moi avec une bouteille de scotch et deux verres.

– Tu fumes toujours des Davidoff ? je lui demande en voyant la boîte en chêne posée sur un coin du bureau.

– Eh oui !

Il m'en donne un, me l'allume et se rassoit en se marrant.

– Mac, on a pas mal de bidules à se raconter. Dix ans, ça fait long.

– Ouaips, dis-je en soufflant la fumée avec un air de satisfaction non feint. Pourquoi tu te marres ?

– Ton style ! Tu te tires dix ans dans la nature et en quelques secondes tu retrouves toutes tes vieilles habitudes.

– Ouais, je réponds pensif, la tête pleine de souvenirs. J'ai appris que tu étais adjoint au maire ?

Snake se lance dans un fou rire :

– Moi, adjoint au maire ?

Et il repart de plus belle.

– Ouais, c'est ce qu'on m'a dit.

– Je sais pas qui t'a raconté ça, mais faudra que je le remercie pour la crise de rire. Tu me vois adjoint au maire, moi ? Non, plus sérieusement, je travaille pour lui, entre autres personnes, mais c'est officieux.

– Tu fais quoi ?

– Je magouille des combines pour qu'il se fasse plein de fric et je prends un pourcentage là-dessus. Ça rapporte assez bien, tu vois…

D'un geste, il me montre la pièce.

– … En ce moment, il y a un industriel qui a besoin de vingt mille mètres carrés en plein

Manhattan. J'ai repéré deux ou trois immeubles sans intérêt qui, bizarrement, commencent à avoir plein de problèmes. Les proprios vont bientôt vendre, ils perdent trop d'argent dans les réparations et l'entretien. Je vais me faire deux ou trois cents mille de bénef.

– Et les flics ?

– Les flics ? Je les ai tous dans la poche. Maintenant, y'en a plus un qui soit pas corruptible, c'est encore plus facile qu'avant. On est à l'ère du crime organisé. L'État te soutient parce que ça lui rapporte du fric, les flics te servent d'hommes de main pour arrondir leurs fins de mois et t'es un exemple de réussite pour la population. Tous les jours, je reçois des dizaines d'invitations pour des galas, des soirées de charité, ou des réceptions dans les ambassades. Tu peux tout te permettre aujourd'hui. Et maintenant que tu es là, on va faire exploser le marché.

– Attends, on y est pas encore.

– J'ai un cadeau de bienvenue, Mac.

Il se lève et va ouvrir un coffre. Il en ressort des papiers et une enveloppe débordant de biftons de cinq cents. Il pose tout ça devant moi et me donne un verre de scotch.

– J'attends ce moment depuis un certain temps. Je me suis assez emmerdé pendant toutes ces années.

J'ouvre les papiers. Ce sont ceux de Courtson Cave indiquant que j'en suis le propriétaire légal jusqu'en deux mille cinq. Y'a tout avec : le droit d'exploitation, la licence d'alcool, la licence de cercle privé pour les jeux d'argent. J'ai envie de chialer, mais comme ça fait pas viril, je me retiens.

Snake est fier de lui. Il s'allume un cigare.

– Après le massacre et ta disparition, les flics ont tout confisqué. Ils étaient persuadés que c'était toi l'assassin. Et puis un jour, un type s'est présenté chez eux et a avoué le crime avec tous les détails. Il a même indiqué où il avait planqué son Automag en céramique et balles creuses. Ils l'ont inculpé et il a pris vingt ans. Mais il sortira dans quelques mois, je me suis arrangé avec le juge.

– Comment t'as réussi ça ? je demande impressionné. Comment t'as pu convaincre un type d'avouer ça ?

Il retourne à son coffre et revient avec une photo. On y voit un couple entouré de quatre enfants qui pose fièrement devant une maison au bord de la mer.

– C'était ça ou je massacrais toute sa famille. Et puis il me devait un service. Et quand il ressort, il trouvera un million de dollars sur un compte luxembourgeois. Comment tu voulais qu'il refuse une aussi belle proposition ?

– Merci, Snake !

– Je t'en prie. Les autorités ont remis le club en vente. Comme t'avais disparu, il ne te revenait plus de droit. Aux enchères, j'ai tout racheté en ton nom.

Je me lève du siège et commence à marcher devant toutes les photos du club. Mes quelques neurones qui n'ont pas cramé sous le soleil de Death Valley travaillent rapidement. Beaucoup de choses se passent autour de moi que je ne comprends pas, mais s'il y a une chose dont je suis certain, c'est que l'idée de rouvrir Courtson Cave me démange partout. Avec le dévouement de Snake, on ne peut que réussir.

– C'est parti, Snake, on rallume les spots de Courtson Cave.

– Yep ! hurle-t-il en bondissant de son siège. T'es le meilleur, Mac, on va redevenir les rois de New York.

– Qu'est-ce qu'il est devenu, Old Boy ?

– Old Boy, il t'attend depuis dix ans ! Je l'ai mis dans une maison de vieux où il est chouchouté comme un roi. Chaque soir, il prie ses dieux vaudous pour que tu rappliques.

– Génial, on va faire des étincelles !

Le dîner se passe bien. On discute des points de détail pour la réouverture du club. Je vois que lui et moi, on a toujours les mêmes opinions. Je vois aussi qu'il peut pas blairer Shanon. Le connaissant, je suppute qu'il s'acharnera sur elle un de ces quatre, mais comme j'ai un minimum de sentiment pour cette « pute », je lui dirai de ne pas le faire. J'attends l'heure du digestif et la traditionnelle partie de billard français pour poser mes dernières questions. Shanon a été reconduite dans notre piaule. Bien sûr, Snake n'utilise pas LA queue de billard.

– Elle est où Sam ? je demande sur un ton neutre en début de partie.

– J'attendais que tu me la poses celle-là. Sam et moi, on a gardé contact, mais c'est plus comme avant. Elle a drôlement changé, tu sais. Faut pas t'attendre à retrouver celle que t'as connue.

– C'est quoi ce baratin pour handicapé moteur ? Tu peux pas répondre clairement à ma question, putain !

– T' es toujours accroc de cette pute, Mac ?

– Je sais pas... dans le coin où j'étais, je rêvais d'elle assez souvent.

– Ouais, mais Samantha, c'est plus qu'un souvenir, c'est ce qu'il faut que tu te dises.

– Snake ! Accouche !

– Elle a récupéré ton business, Mac. Ton carnet d'adresses, tes clients, tes comptes bancaires à Panama, à Cuba, en Suisse, elle a tout récupéré pour sa pomme. Et elle te remplace pour le job. Elle a dit à tout le monde que tu t'étais fait descendre et qu'elle était ta remplaçante, que tu l'avais formée pour qu'elle te remplace.

Je ne bouge plus. L'image de Sam s'imprime sur mes rétines et je ne l'imagine pas en train de tenir un flingue pour descendre un type.

– Elle habite où ?

– Tu veux y aller ?

– Ouais.

– Je t'accompagne, comme au bon vieux temps.

Samantha habite en plein cœur de Manhattan, dans un de ces immeubles ultramodernes avec agent de sécurité et système de surveillance top niveau. Snake et moi, on se rémémore nos expéditions sauvages chez les types qu'on aimait pas, les tortures, le sang, les punitions sommaires. Ça me redonne un peu le moral.

Je regarde l'immeuble d'un air sceptique. Comment elle peut habiter dans une boîte de conserve pareille, putain ? Elle qui aime les grands espaces et la liberté.

On entre dans un hall tout de marbre, avec des grands bacs à fleurs qui donnent un style tropical et on s'arrête devant le comptoir du gardien, un gars qui tire une gueule de trois pieds de long dans son costume strict décoré d'un 357.

– On voudrait voir madame Madison, dit Snake.

Je me demande depuis quand elle s'appelle Madison parce qu'avant elle s'appelait pas comme ça.

Le gardien prend son téléphone et compose un numéro.

– Qui dois-je annoncer ?

– Snake et un ami à lui.

Le gardien nous regarde de biais. On n'est pas des criminels, merde ! Enfin, si, peut-être un peu.

– Madame Madison, Snake et un ami à la réception… Bien, madame.

Il raccroche :

– Vous pouvez monter. C'est au quinzième.

Dans l'ascenseur, mes pulsations cardiaques s'accélèrent. Combien de fois ai-je imaginé nos retrouvailles ?

– Elle n'est pas mariée, au moins ? je lui demande pour me rassurer.

– Non, mais on raconte qu'elle sortirait avec un sénateur ou un juge, une saloperie dans le genre. Y'a rien d'officiel.

Les portes s'ouvrent et on sort sur un palier gigantesque qui donne sur deux portes. Snake se dirige vers l'une d'elles et sonne.

Pas de réponse. Il resonne.

Toujours pas de réponse.

– Tu trouves ça normal, Mac ?

– Non.

Il tourne la poignée. La porte s'ouvre silencieusement. Je dégaine mon .44, allume la visée laser. Snake regarde l'arme, heureux de la revoir celle-là et sort son .44 à lui.

On entre dans un salon encore plus grand que le palier, tout en cuir et satin. Une baie vitrée fermée donne sur une terrasse pleine de plantes exotiques.

– Sam ? dit doucement Snake.

Pas de réponse. Je me dirige vers une porte qui s'ouvre sur une belle chambre hexagonale avec lit japonais, draps de soie et glaces à profusion.

À peine ai-je passé un pied que je sens que je suis en danger. Je replonge sans autre préambule dans le salon et m'étale sur un tapis d'Orient. Le canapé qui se trouve derrière moi explose sous l'impact des balles, à mon avis du .45ACP.

Instinctivement, je lève mon flingue. Le point laser passe sur le tireur qui était caché dans un placard. Je tire deux coups qui font tomber en morceaux les glaces derrière le lit.

Snake, de l'autre bout du salon, commence à cribler la chambre à travers le mur. Des trous de 30 centimètres de diamètre déchiquettent la paroi et tout ce qui se trouve au-delà.

À côté de moi, un vase de Chine touché par une balle de l'ennemi tombe sur moi en petits morceaux.

Je me redresse et plonge dans la chambre, le 44 à bout de bras.

Je repère un homme en costard-cravate sombre, tassé dans un angle qui ne s'attendait pas à me voir apparaître. Il lève son flingue un peu trop tard.

J'appuie sur la gâchette et trois balles pulvérisent le bonhomme, l'étalant sur cinq mètres carrés. Il n'a plus de tête non plus.

Je m'écrase sur le sol sans arriver à faire la roulade que je voulais faire et je me tords le genou droit. Merde !

Snake débarque et regarde la tâche de sang qui était jadis un homme.

– T'es un peu plus mauvais qu'avant, tu trouves pas ?

– Ta gueule !

– Avant, tu l'aurais buté plus vite.

– Ta gueule !

Je m'approche du corps en boitillant et fouille l'intérieur de la veste, enfin, ce qu'il en reste. Un bout de portefeuille qui a pas supporté le .44 me reste entre les doigts. Je trouve aussi un cellulaire, ce qui a l'air d'être une mode ici, mais rien de bien intéressant.

– Je vais fouiller le reste de l'appart, me lance Snake en s'éloignant.

Il n'a pas passé la porte de la chambre qu'on

entend celle de l'entrée claquer. Snake se précipite. Je me relève et le suis.

Sur le palier, il n'y a plus personne. Un ascenseur est en train de descendre.

– Y'avait quelqu'un d'autre.

– Ouais, confirme Snake. Faut trouver Sam.

– Je vais regarder dans l'appart.

– On se retrouve en bas.

Je laisse Snake grimper seul dans l'ascenseur et moi je retourne à l'intérieur. Dans le bureau, je trouve un gros coffre à clef électronique ouvert. Il n'y a plus rien à l'intérieur. Une sorte de minuscule ordinateur relié au digicode par des câbles électriques est posé à côté. Les dix chiffres de la combinaison clignotent sur un écran à cristaux liquides. Une odeur de parfum féminin flotte doucement dans l'air. J'y connais rien, mais j'essaye de la mémoriser.

Une photo de Samantha dans un beau cadre en métal forgé est posée sur le bureau. Elle est en robe de soirée, dans un endroit que je ne connais pas. Elle est encore plus belle qu'avant ! La maturité lui donne un visage d'une perfection absolue. Je m'en détache avec difficulté.

Il n'y a rien d'autre d'intéressant dans l'appart.

Au moment de sortir, je me retrouve face à trois canons dirigés vers ma trogne. Sale journée, c'est les flics.

Le lieutenant Patterson

LA TAULE, j'ai horreur de ça. Ça pue, y'a que des criminels de seconde zone qui sont pas assez futés pour éviter les cops, et surtout, c'est bourré à craquer de flics merdiques qui se prennent pour Clint Eastwood ou Bruce Willis.

Snake, il fume une clope peinard en discutant avec une pute de sa connaissance qui est arrivée après nous.

La taule, j'y ai été qu'une fois. Une nuit. C'était pour conduite en état d'ivresse. Et après, j'ai pris deux mille dollars d'amende pour avoir traité un fonctionnaire de police de mouche à merde.

– T'en fais pas, Mac, demain matin on prendra le petit dej' chez moi.

– Ouais, j'ai comme un putain de doute si tu veux savoir.

Une heure plus tard, on voit débarquer cet enculé de fils de pute d'enfoiré de sa mère de Patterson, le gars que je hais le plus dans cette saloperie de ville. Il me jette un œil en se marrant d'un air cynique, dépose un dossier sur le bureau d'un de ses larbins et vient se coller aux grilles. Snake, ça a pas l'air de le préoccuper.

– Quand on m'a dit que Mac Dodger était derrière les barreaux, là, dans mon commissariat, j'ai failli me pisser dessus. Ah oui, j'te jure connard !

– Ferme ta gueule de suceur, Patterson ! je lui réponds énervé.

Ce type, c'est mon pire cauchemar. Je le hais dans toutes les parties de mon corps. Snake se fend bien la gueule en regardant la scène. Il est en train de peloter la pute et je crois que ça l'amuse plus que notre discussion, le Snake. Juste à cause de cet enfoiré, je voudrais finir mes jours dans le désert de Mojave. C'est dix fois plus marrant d'être là-bas qu'entre ses pattes.

– Alors, Mac, on est de retour à N.Y. ?

Je réponds pas.

– T'as flingué un mec de sang-froid. C'était un contrat ?

Je réponds pas et je fais des efforts pour ne pas lui en allonger une à travers les barreaux.

– J'ai appris que c'était chez Samantha, la plus grosse pute de la côte est. C'était pas ta nana avant ? Tu veux que je demande combien de fois elle a écarté les jambes devant les flics ? Elle pue la morue d'ailleurs.

Au moment où je m'apprête à me lever, Snake prend mon bras pour me retenir.

– Déconne pas, Mac. Sinon il n'y aura pas de petit dej' demain matin.

Je me calme et essaye de penser à autre chose, je sais pas quoi, mais autre chose. J'y arrive pas. C'est plus fort que moi. Je dois subir ses inepties pendant presque un quart d'heure avant que notre avocat débarque enfin. J'avais jamais entendu autant de saloperies en quinze minutes. Mais je me suis calmé, je me suis juré de descendre ce têtard rapidement.

Dans une des salles de torture du poste, celle avec des vitres sans tain et des micros pour suivre toute la conversation, on explique à maître Oliveity ce qui s'est passé. Il nous apprend que des caméras de surveillance disposées un peu partout dans l'immeuble confirment bien qu'il y a eu une cambrioleuse et deux types en costard-cravate et qu'on a agi en situation de légitime défense.

– Au pire, il y aura un procès et vous serez

déclarés innocents, au mieux, vous sortez dans une heure sans aucune charge.

Snake se penche vers lui et lui parle un certain temps à l'oreille. Comme je sais très bien que l'autre fils de pute est derrière la glace et qu'il doit rager en poussant le son au maximum, je me lance dans le chant d'une petite comptine pour enfant. À la seule image de ce que doit être sa tête en ce moment, je me sens emporté par la joie et l'allégresse.

Au petit matin, le chauffeur de Snake vient nous chercher à la sortie du poste. Il n'y a plus de charge contre nous. Je sais pas comment il fait ça, mais je l'aime ce Snake !

Les joies de Brooklyn

LE PETIT DEJ' chez Snake. Le majordome nous a indiqué que Shanon pionçait toujours.

– J'ai pas bien compris ce qui s'est passé cette nuit ?

– Moi non plus, me répond Snake. Mais ce que je sais, c'est qu'on était prêts à nous buter sans sommation. La pute qui a répondu au gardien au téléphone, ça devait être la cambrioleuse. Et Sam, je sais pas où elle est passée, mais c'est évident qu'elle a des blèmes avec des gens pas sympas.

– Je savais bien qu'elle pouvait pas me remplacer. Au fait, je te l'ai pas encore dit, mais il m'est arrivé un truc bizarre là où je m'étais planqué.

Je lui raconte l'histoire des deux faux fédéraux qui se sont fait refroidir après mon départ.

– Sam, elle est pas la seule à avoir des blèmes. Toi aussi tu es dans une putain de situation… et j'adore ça. Tu vois, c'est cette ambiance qui m'a manqué pendant ces dix longues années. L'imprévu, le danger, l'inattendu. T'attires tout ça avec un naturel déconcertant.

– Ouais, merci du compliment.

– Je déconne pas, Mac, je te jure ! Regarde, il s'est jamais rien passé depuis dix ans, t'arrives et on se retrouve en taule, Sam s'est fait cambrioler, t'as flingué un gus, Courtson Cave va rouvrir…

– Ouais, je dis en trempant ma tranche de bacon dans mon café, en attendant faut retrouver Sam.

Snake me regarde faire d'un air vraiment écœuré. C'est vrai que ça a pas l'air bien ragoûtant le bacon au café.

C'est le moment que choisit Shanon pour débarquer, en robe de chambre en soie de Chine et pas grand-chose en dessous. Snake il prend bien le temps de la déshabiller des pieds à la tête sans lui dire bonjour pour autant.

La fermière, elle prend vite les habitudes de luxe à N.Y.

– Vous avez fait la fête toute la nuit ? elle demande innocemment.

– On s'est éclatés comme des petits fous, hein Snake ?

– Ouais.

Le majordome lui apporte un beau plateau garni.

– Au fait Harvey, ça veut dire quoi Mac Dodger Harris ?

Comme j'ai pas envie de lui répondre, je réponds rien. Snake sourit :

– Je vais te dire ce que ça veut dire. Tu as déjà entendu parler des gangsters de la prohibition ?

– Mouiii.

– Eh ben, Mac Dodger Harris, c'est pareil. « Dodger », on lui a rajouté parce qu'il a participé à une dizaine de règlements de comptes et qu'il a esquivé toutes les balles qui lui étaient destinées. Et y'en a pas eu qu'une ! Tu comprends maintenant ?

– Ouais, qu'elle dit, c'est pareil que « Lucky » Luciano.

Snake la regarde, réellement étonné qu'au fin fond du trou du cul du monde, on sache ce genre de chose. Et ça lui plaît pas qu'elle sache ça.

Pour décontracter l'atmosphère, je rote un coup et je demande : « Bon, on s'y prend comment pour la retrouver, Sam ? »

– On utilise les flics, propose Snake l'air de rien.

Une heure plus tard, la photo de Sam est affichée dans tous les commissariats et tous les flics ont sa description. Snake, pour me rassurer, parce que j'ai jamais eu confiance en les flics, il me dit que c'est un lieutenant véreux qu'il a dans sa poche qui a lancé l'avis de recherche.

– Ça me rassure pas pour deux sous, Snake.

Il se marre.

Au moment où on sort de chez lui, y'a deux gus en costumes sombres qui puent le FBI qui m'attendent bien sagement au pied des escaliers.

– Monsieur Harris ? ils me demandent gentiment.

– Non, Harris c'est un jumeau.

– Monsieur Harris, on aurait besoin de vous poser quelques questions. Agent Baxter et Anderson, du FBI…

Ils me brandissent leurs belles petites cartes officielles qui me filent des boutons.

– … Vous permettez qu'on entre ?

– C'est pas chez moi !

– Bien sûr, dit Snake en leur ouvrant grand la porte.

Assis dans le salon, les jambes croisées et leurs dossiers sur les genoux, les deux fédéraux boivent peinard un verre de cognac.

– Monsieur Harris, vous avez habité Blue Fall Point pendant dix ans, c'est ça ?

– Y paraîtrait !

– Je suppose que vous savez qu'il y a eu un double meurtre là-bas ?

– Je lis pas les journaux, je sais pas ce qui se passe dans le grand monde, moi.

– Bien ! Donc, deux hommes se sont fait abattre dans votre station service désaffectée, vingt-quatre heures à peine après votre départ. Ils sillonnaient le Nevada depuis trois semaines avec votre photo en poche et posaient des questions un peu partout en se faisant passer pour des agents du FBI. Des témoins disent qu'ils sont venus vous voir le jour précédant votre départ de Blue Fall Point, est-ce vrai ?

– Ouais. C'est vrai. Mais c'était pas moi qu'ils recherchaient, c'était un type qui me ressemblait. D'ailleurs, ils l'ont bien vu, eux, que c'était pas moi puisqu'ils sont repartis.

– Bien sûr, dit Baxter en s'allumant un Davidoff offert par Snake. C'est d'ailleurs ce qui nous trouble un peu.

– Pourquoi ? demande Snake.

L'agent qui n'a rien dit depuis le début bâille un grand coup, comme si on le faisait chier à raconter mon histoire ! Incroyable ! De mon temps, les fédéraux étaient un peu plus compétents que ça, ils avaient une conscience professionnelle et c'était quand même vachement plus poilant.

– La photo qu'ils avaient dans la poche représente bien le visage de M. Harris. Elle a été prise par nos services en 84 au club de Courtson Cave...

J'interviens :

– Vous voulez dire que les deux faux fédéraux du Nevada se baladaient avec une photo prise par des vrais fédéraux ?

– ... C'est effectivement ce que je dis ! Mais laissez-moi terminer...

Je vois Snake qui sourit en me jetant un coup d'œil. Un sourire qui veut dire que oui, on peut avoir une photo d'une enquête fédérale sans trop de problèmes.

– ... Cela signifie donc que c'était bien vous qu'ils recherchaient. Et à mon avis, ils ont feinté ne pas vous reconnaître pour une raison que nous ignorons, ont fait quelque chose pendant les quarante-huit heures où on ne les a pas vus et sont revenus vous voir. Mais là, quelqu'un les attendait pour leur faire la peau.

– Ce n'est pas moi.

– Nous le savons. Les habitants de Blue Fall Point ont témoigné en votre faveur. Nous sommes venus vous voir pour savoir si vous aviez des renseignements à nous donner sur ces hommes.

– Non, je les connaissais pas et je sais pas pourquoi ils me recherchaient.

– Bien. Nous allons vous laisser.

Nous nous levons en cœur et nous dirigeons vers la porte.

– Si par hasard vous vous souvenez de quoi que ce soit, appelez-nous. Merci pour votre hospitalité, monsieur Snake.

– Je vous en prie, messieurs. Et passez nous revoir quand vous voulez.

Ils s'en vont et je les regarde partir d'un air un peu ahuri.

– C'est comme ça que ça se passe, me dit Snake. J'ai les fédéraux dans la poche et beaucoup d'influence sur eux, ils font attention à ne pas me vexer.

– Ouais, je conclus, c'est bien triste d'ailleurs.

Pour retrouver Samantha, on prend la journée à faire le tour de tous mes anciens contacts. Si elle a vraiment récupéré mon entreprise de meurtres en tous genres, elle est obligatoirement passée par eux. Les bars miteux, les coins de rue et les restaurants de luxe commencent à défiler avec une régularité exaspérante. La plupart des anciens qui me voient débarquer en restent sur le cul, avouent que mon retour les encourage à continuer, parce qu'on vit une période bien trop calme pour que ce soit amusant, et me demandent quand Courtson Cave rouvre ses portes.

– La semaine prochaine, les gars, pas d'inquiétude, je reprends les choses en mains.

À la nuit tombée, on n'a rien de plus. La plupart ne l'ont jamais revue après mon départ et les rares qui l'ont croisée me disent que ce n'était qu'une visite de courtoisie. Bref, elle a l'air d'avoir coupé les ponts.

C'est au Pilson Club Street enfin, qu'on soupçonne un indic d'avoir des nouvelles. Il s'appelle Phil E. Blood. C'est un ancien mercenaire recyclé dans le trafic d'armes. Il est affilié à une branche pourrie de la Cosa Nostra et vend des armes de guerre aux gangs de New York. Une enflure comme on en fait peu, un des rares gars que je connais et que je trouve dangereux. Le seul qui soit aussi violent et taré que lui, c'est Snake.

Assis à côté de lui au comptoir, on le regarde méditer sur notre question.

– Non, je n'ai pas revu Samantha depuis au moins cinq ou six ans.

Je sens son mensonge à dix haleines alcoolisées de moi. Snake aussi.

– Désolé, les gars… J'ai entendu dire que tu allais rouvrir ton club. Va falloir payer pour exister, tu connais le marché.

Je le regarde droit dans les yeux. Le sang est en train de me monter à la tête.

– Écoute-moi bien, pédé. Je n'ai jamais payé le droit d'exister à une bande de têtards tout juste capables de terroriser les petits commerçants italiens, alors tu vas me faire tes excuses tout de suite.

Avant qu'il ait eu le temps de faire quoi que ce soit, Snake lui colle un violent coup de coude dans les côtes qui le plie en deux. Il prend une bouteille, la casse sur le comptoir et la lui plante dans la gueule sans autre préambule. Phil tombe par terre en hurlant, giclant le sang partout autour de lui. Les rares clients attendent pas la suite et déguerpissent aussi sec.

– Pas de casse, hurle le proprio qui s'arrête net quand je sors les deux .45.

– Qu'est-ce que tu beugles ? je lui dis furieux.

Il ne répond rien. Pour être certain qu'il ne bronchera plus, ce fils de pute corrompu par les bouffeurs de nouilles, je vide quelques cartouches dans les étagères derrière le comptoir. L'alcool arrose tout ce qui se trouve autour, moi y compris. Le proprio tente d'attraper un fusil à pompe.

Je me penche pour l'avoir dans ma ligne de mire et tire les deux dernières balles du chargeur. Il recule de deux mètres, touché en plein bide. Une flaque de sang monstrueuse s'étale autour de lui.

Je me retourne et vois Phil qui bondit sur Snake, un couteau dans les mains. Je n'ai pas le temps de tirer. Snake réceptionne le mec et le balance contre le comptoir. Je ne comprends pas comment il fait pour se battre encore avec sa tronche défoncée.

Snake dégaine. Phil lance son couteau qui vient se planter dans une jambe de Snake. Je vide mon deuxième chargeur dans les jambes de cet enfoiré. Ses rotules, ses chevilles, ses muscles, tout s'écrase contre le comptoir poli, derrière lui. Des giclées de sang arrosent Snake qui me regarde tirer sans rien dire.

Le pédé se tortille par terre comme un ver. Ses yeux lancent des éclairs de haine.

– Ça va ? je demande.

– Ouais, dit Snake en retirant le couteau.

Il arrache la manche de sa chemise et entoure la plaie.

Je regarde Phil qui me regarde. Des larmes coulent sur ses joues mais il ne crie pas.

– Sam, où elle est ?

Le pédé ne répond rien. Il s'accroupit tant bien que mal, prend une bouteille d'alcool traînant pas trop loin de lui et la verse sur ses blessures en me regardant. Il serre les dents mais ne crie pas. J'avoue que je l'admire. Il maîtrise la situation comme peu de monde saurait le faire.

– Je vais chercher ma canne, me lance Snake en sortant.

– Tu vas vivre l'enfer, Phil. Tu ferais mieux de parler.

Il continue de me regarder sans rien dire. Je contourne le bar, prends deux bouteilles d'alcool qui font 75° C et reviens. Phil rampe par terre vers le portemanteau où, je suppose, son arme est accrochée. Je rengaine mes deux .45 qui sont vides et sort le .44. Le point laser commence à se balader devant lui. Il se retourne et ne bouge plus.

– Déconne pas, Phil. On te gardera en vie de toute façon.

– Tu sauras rien, murmure-t-il dans un effort incroyable.

– Permets-moi de douter de ton affirmation.

Snake revient avec son coffret. Il en sort sa queue de billard qu'il commence à monter avec amour.

– Les flics vont arriver, baragouine le pédé pour essayer de nous impressionner.

Snake le dévisage :

– Ce club est à quinze pieds sous terre et on est à Brooklyn ici. Personne ne les appellera.

Phil se met à paniquer, imperceptiblement. Snake continue :

– T'es un guerrier, Phil, tu sais très bien que personne ne respecte les conventions de Genève. Combien de personnes tu as torturées dans ta vie, Phil ? Dix ? quinze ? cent ? Je suis sûr que t'as pris ton pied à chaque fois, non ?

Je m'assois et me sers une goutte d'une des

bouteilles que j'ai ramenées. Ouahh ! il arrache. J'allume une allumette que je fous dans le verre pour vérifier que l'alcool brûle bien. C'est O.K. !

Snake attache la loque à un pilier de soutènement. Phil essaye de se défendre, mais dans son état, ça donne pas grand-chose. Snake approche une table qu'il colle contre Phil. Il lui déchire le jeans, sort sa queue et la pose bien à plat sur la table.

J'ai toujours ressenti une tension monter pendant la préparation. Snake est quand même le meilleur dans la torture sans morale. Il lève la canne au-dessus de la bite du malheureux.

– T'as revu Samantha quand pour la dernière fois ?

Phil ne répond pas et la queue de billard s'écrase sur sa bite. Il hurle. Je me suis toujours demandé ce qui faisait le plus mal : une balle ou ça.

– T'as revu Sam quand pour la dernière fois ?

Phil, en pleurs, ne répond pas. La queue de billard s'écrase encore plus fort. Phil hurle à nouveau.

– La semaine dernière, murmure Phil au bord de l'évanouissement.

Je m'aperçois qu'il perd des litres de sang par ce qui lui reste de jambes. Il n'a plus grand-chose à vivre, le pauvre.

– Qu'est-ce qu'elle voulait, demande Snake en levant la canne un peu plus haut.

– Une planque. Elle voulait une planque.

– Pourquoi c'est toi qu'elle est venue voir ?

– On est ses principaux clients.

– C'est qui « on » ?

– Don Sergio

– Clients pour quoi ?

– Des assassinats.

– Elle est où sa planque ?

– Un appart à trois pâtés de maisons d'ici. C'est des gars à moi qui la surveillent.

– Pourquoi elle voulait une planque ?

– J' crois qu'elle a foiré un contrat et que la cible en question lui à foutu des tueurs au cul.

Snake me demande du regard si j'ai d'autres questions à poser. Non.

Je prends les deux bouteilles et déverse leur contenu sur le comptoir et les tables. Snake range sa queue de billard. J'allume une allumette que je laisse tomber. Phil nous supplie de le détacher. J'ai un peu pitié de lui. Les flammes embrasent la salle rapidement, mais je prends le temps de loger une balle de .44 dans sa tête de pédé qui explose sous l'impact. Snake a pas l'air content de mon geste, mais ne le dit pas.

L'appart en question est situé au troisième étage d'un immeuble miteux coincé à l'angle de deux rues. Il n'y a plus grand monde dans les rues à cette heure. Seuls quelques vieux du quartier penchés à leurs fenêtres nous observent en silence. Je me rends compte qu'on a pas un look très engageant, Snake avec du sang partout sur lui et moi recouvert d'alcools divers.

– Tu crois que c'est le moment de déclarer une petite guerre aux Italiens ?

– C'est pas le moment, me répond Snake, mais fallait bien la commencer un jour ou l'autre, non ?

– Bon, on y entre comme d'hab ?

Snake acquiesce et on s'engouffre dans le hall tagué. Pendant qu'on monte les escaliers étroits, je prends conscience que je suis en train de retrouver toutes mes vieilles habitudes. Ça me donne une impression bizarre de me sentir à nouveau moi-même et je me dis que mes belles promesses de ne plus être violent et tout le tintouin vont se retrouver aux poubelles dans peu de temps. Je me pose aussi la question de savoir pourquoi on veut toujours retrouver Sam. Après tout, c'est elle qui a demandé à être protégée par les Italiens, je vois pas trop pourquoi on va aller foutre l'immeuble à feu et à sang juste pour lui dire bonjour. En fait, si, je sais très bien pourquoi ! Il faut que je voie ce que je vais ressentir quand elle sera devant moi. Et puis y'a toute cette histoire de faux agents du FBI qui me trottine dans la tête et qui me semble liée à ses problèmes à elle.

On arrive devant la porte en question. Je dégaine les deux .45 chargés de balles au mercure et je me place face à la porte. Snake, qui boitille à cause du coup de couteau, m'invite d'un geste à ouvrir le bal.

Je lâche deux bastos dans la serrure, balance un coup de pied dans la porte qui s'ouvre d'un coup et m'avance d'un pas en cartonnant tout ce qui bouge et qui n'est pas Sam. Deux ritals percutent mes projectiles de plein fouet et se retrouvent scotchés au mur sans avoir eu la politesse de dire bonjour.

Snake s'accroupit à côté de moi et cartonne un autre enculé qui s'apprêtait à répondre. Les pruneaux lui arrachent un bras et une jambe et la masse sanguinolente qui reste traverse la fenêtre dans un fracas de verre brisé.

Je m'avance et cadre le reste de la pièce. Il n'y a plus personne. Snake m'indique une porte derrière la table jonchée de boîtes de café et d'emballages de pizza.

Je m'y précipite, explose la serrure et rentre dans la porte qui vole en éclats. Je m'écrase sur le sol sans bien m'apercevoir de l'environnement ambiant. Je me relève. Il n'y a personne. C'est une piaule noyée sous un bordel non avouable.

Snake me rejoint, incrédule.

– Y'a plus personne on dirait.

– Ouais, j' vois ça.

Il se retourne et se dirige vers la porte des chiottes. Il l'ouvre. Personne non plus.

– Dans *Pulp Fiction*, y'a toujours quelqu'un aux chiottes.

– J'ai pas vu ce film, je lui réponds.

À ce moment-là, les vitres de l'appart explosent, les restes de portes explosent, les meubles explosent, les murs explosent, tout explose. Avec Snake, on explose.

L'hosto

Je m'appelle Mac Dodger Harris et je suis cocu jusqu'à la moelle. Je me réveille dans un pieux d'hosto, quelques pansements sur le corps. Je regarde le plafond fêlé et les événements me reviennent en tête.

Je suis tout seul. Y'a pas Snake. Par contre y'a l'enculé de fils de pute de sa mère la grosse de Patterson, un doc qui m'ausculte le bide et les deux agents du Bureau. Ils ont tous les yeux rivés sur ma trogne. J'essaye de sourire mais je sens qu'il y a des pansements qui m'en empêchent.

– T'es réveillé, trou du cul ?

– S'il vous plaît, lieutenant, c'est un malade,

lui répond le doc, ayez l'obligeance de ne pas le provoquer.

– Ouais, doc, je vais faire un effort.

Je prends la manche du doc.

– Il est où Snake ?

– Ne vous inquiétez pas, tout va bien. Je vous laisse cinq minutes avec ces messieurs. S'il y a un problème, appelez-moi.

Il jette un coup d'œil à l'enculé de Patterson et sort. Baxter s'assoit à côté de moi.

– Vous êtes un sacré veinard, monsieur Harris.

– Comment va Snake ?

– M. Snake n'a pas eu autant de chance que vous…

Je pâlis

– … il est dans une autre chambre, dans le coma.

Je ne dis rien. Mon pauvre Snake, c'était pas ton jour on dirait.

– Poussez-vous, moi je vais l'interroger.

Patterson écarte Baxter et vient placer le trou du cul qui lui sert de gueule à quelques centimètres de la mienne.

– J'ai prié des années pour qu'il t'arrive un truc comme ça, enculé. Mais dans mes prières, tu restais infirme jusqu'à la fin de tes jours et je venais te torturer en me fendant la gueule.

– Va te faire sucer par un sergent, Patterson.

Anderson écarte Patterson :

– Nous allons nous charger de l'interroger, lieutenant, vous devriez aller boire un café dans le couloir.

– Non, je reste.

– Monsieur Harris, vous sentez-vous prêt à répondre à quelques questions ?

– Je sais pas, allez-y toujours.

– Bien sûr qu'il est prêt, beugle Patterson.

Je me prépare à inventer plein de choses, vu les derniers événements. La ruse, on me l'a toujours dit, c'est de faire l'amnésique.

– Pouvez-vous nous expliquer ce qui s'est passé cette nuit, monsieur Harris ?

– Je ne sais pas, c'est un peu flou dans ma tête.

– Vous vous souvenez de ce qui s'est passé ?

– Non, pas vraiment.

Patterson sort son flingue :

– Laissez-moi faire bande d'empaffés...

Anderson, qui n'arrête pas de bâiller, le stoppe dans son élan.

– Sortez, lieutenant Patterson, c'est un ordre.

– J'ai pas d'ordre à recevoir de vous, merde !

– Sortez, où je vous promets que vous n'êtes plus dans la police demain matin !

– Je vous supplie de rester, Patterson, je lâche en esquissant un sourire.

Il me regarde, rouge de fureur, et un court instant, j'ai même l'impression qu'il va me flinguer sur le champ. Mais il range son arme et sort. Comme il se retourne en franchissant la porte, je lui adresse un petit clin d'œil. Il claque la porte.

– Vous comprendrez, monsieur Harris, continue l'agent assis au bord de mon lit, que malgré les influences de M. Snake, nous ne pouvions pas étouffer l'affaire aussi facilement.

– Bien sûr, je réponds. Quelle heure est-il ?

– Dix heures quatorze. Que faisiez-vous dans cet appartement ?

Bonne question. Très bonne question.

– Qu'est-ce qui s'est passé ?

– On vous a tiré dessus au lance-roquettes depuis l'appartement de l'autre côté de la rue. On a aussi retrouvé trois morts dans les décombres. Vous savez ce qui s'est passé ?

– J'ai comme un trou.

– Je vois. Il est dans votre intérêt de répondre, monsieur Harris. C'est le meilleur moyen pour que nous vous évitions quelques années derrière les barreaux.

– Eh bien…

Mon esprit travaille dur mais je vois vraiment pas ce que je pourrais raconter pour me sortir de cette galère.

– … non, franchement, je ne me souviens de rien.

– Parfait. Nous repasserons en fin de soirée. Peut-être que d'ici là vous aurez retrouvé toute votre tête.

– Peut-être.

Une fois sortis, je les entends parler au doc. Celui-ci confirme qu'une amnésie est tout à fait probable dans ce genre d'accident. Il dit aussi qu'il est possible, à cause du traumatisme psychologique, que je ne me souvienne jamais de ce qui s'est passé dans les minutes précédant l'accident.

Ça me rassure. Comme ça on m'enverra devant un tribunal, mais personne ne pourra dire ce qui s'est véritablement passé. Enfin, normalement.

Le midi, une gentille infirmière m'apporte le plateau-repas.

– Vous vous sentez mieux, elle me demande.

– Ouais…

Elle me regarde en souriant.

– Vous savez, monsieur Harris, j'ai beaucoup entendu parler de vous quand j'étais petite.

– Ah bon, fais-je surpris.

– Oui, mon grand-père a travaillé pour vous. Il me racontait tout ce qui se passait dans le club.

– Ah bon, fais-je un peu plus fort.

– Oui. Et dans mon quartier, tous les jeunes rêvaient de devenir comme vous. Ils rêvaient d'avoir un nom comme le vôtre.

Je la regarde, les yeux grands ouverts.

– Mon grand-père s'appelait Old Boy, vous vous souvenez de lui ?

– Old Boy, c'est votre grand-père ?

– Oui, dit-elle en souriant, les mains jointes.

Je m'aperçois qu'elle est tout intimidée de me parler. Ben merde alors, je savais pas que j'étais un modèle pour les gosses, moi.

– Si vous avez besoin de quoi que ce soit, appelez-moi et je serai là dans l'instant.

– D'accord, aucun problème.

Elle s'en va en m'adressant un large sourire. Je reste là, tout content d'avoir rencontré la petite-fille d'Old Boy. Le monde est petit.

Une heure plus tard, Shanon débarque avec un bouquet de fleurs plus gros qu'elle. J'avais oublié qu'elle existait celle-là.

– Mon pauvre Harvey, qu'est-ce qu'on t'a fait ?

– On m'a tiré un missile dessus.

– Je sais, on en parlait dans les journaux ce matin.

– On en a parlé au journal ?

– Oui. Y disaient que le gangster Mac Dodger Harris avait explosé dans un appartement de Brooklyn et qu'il s'en était sorti avec quelques égratignures. Ils ont dit que c'était une guerre des gangs.

– Ils disent beaucoup de conneries dans les journaux.

Elle m'embrasse partout en me chatouillant les endroits pansés.

– Tu dois beaucoup souffrir, chéri.

– Mais non, je suis un dur.

– Je vais te soulager.

Elle soulève la couverture, passe sa tête en-dessous et se met à me faire une bonne petite pipe. J'avoue que ça me redonne le moral. Elle sait vraiment y faire la gamine.

– Ça va mieux, mon chou ?

– Ouais, ma poule. Tiens, tu vas me rendre un service. Tu vas trouver Snake, voir dans quel état il est et tu viendras me donner des nouvelles.

– Je l'aime pas ce type.

– Rien à foutre, fais-le pour moi.

Elle y va en râlant.

Je la vois revenir une heure plus tard.

– Je l'ai pas trouvé, il est pas dans l'hôpital.

– Comment ça il est pas dans l'hôpital ?

– Ouais, j'ai regardé dans toutes les chambres, j'ai demandé à des docteurs, mais ils m'ont tous dit qu'on t'avait amené tout seul dans la nuit.

– Qu'est-ce que c'est que cette connerie encore ? Regarde dans l'armoire si y'a des fringues.

Elle ouvre la porte mais y'a rien dedans.

– Trouve-moi des fringues, tu veux.

– Tu vas sortir ?

– Ouais.

– Et les deux flics qu'y a devant ?

– Y'a des flics devant la porte ?

– Ouais.

– Je m'en occupe, trouve-moi des fringues, c'est tout ce que je te demande.

J'appuie sur le bouton de l'infirmière et je vois débarquer la petite-fille d'Old Boy trente secondes plus tard.

– Vous avez un problème, monsieur Harris ?

– Oui, je vais sortir, tu pourrais m'aider ?

– Mais le docteur a dit que vous sortiriez après-demain.

– Et moi je dis que je sors maintenant et que j'ai besoin d'aide, t'es partante ?

– Moi je veux bien, mais qu'est-ce que je fais si on me vire ?

– Je t'offre une place à Courtson Cave.

– Ça marche. Je m'appelle Cathy.

Elle me tend la main et je la lui serre.

– Qui a mis les flics devant ma porte ?

– Je crois que c'est le lieutenant Cradesson…

– Patterson ?

– … Oui, c'est ça. Les fédéraux ont dit que ce n'était pas la peine, mais dès qu'ils ont tourné les talons, il les a mis là.

Je me lève. Ça tire un peu de partout mais je tiens le coup. Je vais à la fenêtre et je l'ouvre. On est au troisième sans ascenseur, c'est problématique.

– Je suis sûr que mon grand-père, il peut venir placer une échelle là d'ici une heure. Ça évitera de descendre les poulets.

Je la regarde et la trouve très cool cette fille.

– Okay, c'est parti pour Old Boy.

– Il a déjà repéré toutes les sorties pour fuir de sa maison de vieux. Je l'appelle et il débarque.

Elle sort, toute fière de pouvoir m'aider.

Une heure plus tard, une fourgonnette de laveur de vitres vient se placer juste en dessous de ma fenêtre. Je vois sortir Old Boy, cent deux ans et toutes ses dents, habillé en laveur de vitres. Il hisse une échelle qui vient se coller devant moi. Je termine d'enfiler le costume Armani que m'a apporté Shanon, lui fais la bise, ainsi qu'à Cathy qui en devient toute rouge.

– Bon, dès que la camionnette s'est un peu éloignée, vous pouvez sortir de la piaule. À plus les filles.

En chœur : « Au revoir Mac. »

Je me glisse par la fenêtre et descends rapidement l'échelle. Old Boy m'accueille en m'enlaçant.

– Alors gamin, toujours aussi fou-fou !

– Ça me fait plaisir de te voir l'ancêtre.

Par la fenêtre, les deux poulettes me font des grands signes.

– Shanon, je lui crie, marque avec ton rouge à lèvres sur l'oreiller « gros bisous à Patterson ».

– D'accord, crapaud !

Je monte dans la camionnette et on se tire. Évasion réussie !

Mes potes les fédéraux

L'ANCÊTRE gare son truc derrière chez Snake. On sait jamais, la baraque pourrait être surveillée. Sur la route, il a pas arrêté de se remémorer le bon vieux temps. Il s'inquiète aussi de savoir s'il sera de nouveau embauché à l'ouverture de Courtson Cave.

– T'inquiète pas l'ancêtre, je ne le rouvrirais pas sinon.

– J' t'aime bien fiston, t'es la dernière crapule de ce siècle. Luciano aurait été fier de toi.

– J'espère bien. Bon, tu restes là le temps que j'aille chercher du blé et un flingue, okay.

– Prends-en un pour moi, fils, à la maison de retraite j'y avais pas droit.

Je m'extirpe de l'engin et entre par la cuisine. Il n'y a personne, heureusement. Je me glisse par le salon en évitant le majordome et entre dans le bureau.

Baxter et Anderson, ces enculés du FBI, me regardent en retenant un sourire. Snake, assis sur sa chaise, est en train de se faire plâtrer. Il a la gueule défoncée, brûlée, bref, il est pas beau à voir.

Sur la table basse est posée une valise ouverte contenant au moins deux cent mille dollars, que les fédéraux observent avec appétit.

– T'as été long, Mac

– Ouais, je faisais un brin de causette avec une gentille infirmière.

Je me remplis tout un verre de scotch et m'allume un Davidoff.

– Y'a Old Boy dehors, tu veux lui dire bonjour ?

– Y'a Old Boy ? dit Snake tout content.

Il sonne et ordonne à son majordome d'aller chercher le vieillard.

– Merde, Snake, qu'est-ce qui se passe ici ?

– Tu le vois, je suis en train de donner deux cent cinquante mille dollars à mes amis. Ils ont comme qui dirait quelques problèmes bancaires. Et comme on est de très bons amis maintenant, ils vont faire en sorte qu'on ne se trouve pas dans leur dossier d'investigations.

– De toute façon, dit Baxter, tout le monde sait que vous et monsieur Harris êtes des gens très honorables, n'est-ce pas ?

– Tu vois, Mac, il n'y a pas de lézard.

Les fédéraux pourris se lèvent et viennent nous serrer la pince.

– C'est un plaisir de travailler avec vous. Nous vous tiendrons au courant.

– Au revoir, messieurs.

Ils prennent la valise et sortent. Je m'installe à leur place après avoir vidé le verre de scotch et m'en être servi un autre.

– Je suis content que tu sois en vie, Mac.

– C'est réciproque… pourquoi t'es pas à l'hosto ?

– L'explosion m'a éjecté par la fenêtre. À part les brûlures, les fractures, les bleus et les contusions sont dus à la chute. Je me suis écrasé sur un tas de poubelles, c'est ce qui m'a sauvé. C'est pour ça que j'aime Brooklyn, tu vois, parce que la saleté du coin te sauve la vie. J'ai mis plus de quatre heures à revenir jusqu'ici, putain de merde ! Je sais pas qui a fait ça, mais je vais les torturer comme j'ai jamais torturé quelqu'un !

– On nous a tiré dessus au lance-roquettes, ils te l'ont dit ?

– Ouais. Heureusement qu'ils sont véreux sinon on se retrouvait en cage.

Je commence à défaire tous les pansements qui me font ressembler à un zombie. Y'a quelques blessures pas très belles mais elles n'ont pas l'air bien graves.

– Je suis énervé, je dis sans m'arrêter. Je prends en main cette histoire, bordel. Y'a des gens qui veulent me faire la peau et j'aime pas ça, surtout quand je sais pas qui c'est, merde.

– Je ne peux plus t'aider, Mac. Je suis bloqué là pour pas mal de temps.

– T'inquiète, je t'enverrai les gars à faire parler par colis postal.

– Au fait, l'avis de recherche que j'avais placé chez les flics pour retrouver Sam a été annulé par quelqu'un de très important.

Je bois mon verre d'un coup :

– Tes petits potes t'ont pas dit d'où ça venait ?

– Si. De très haut au-dessus d'eux.

– Y'a du beau monde dans cette histoire de merde où j'y comprends que dalle.

Old Boy rentre dans le bureau. Je me fends la poire à cause de son costume de laveur de vitres. Il nage dedans le pauv'vieux.

– Salut l'enfoiré, il baragouine en s'approchant de Snake.

– Comment tu vas, salopard !

Ils s'enlacent et se tapent dans le dos à la façon des Italos.

– C'est cool de te revoir parmi nous l'ancêtre.

– T'as de la chance de pas m'avoir oublié l' serpent.

Snake se tourne vers moi :

– Tu vas t'y prendre comment ?

– Je sais pas encore, mais j'y arriverai. On me traite pas comme ça !

– Bon courage, Mac.

Je me prépare à sortir quand Snake m'interpelle :

– Mac, tiens.

Je le vois poser sur son bureau l'enveloppe remplie de biftons et mon .44 en céramique rééquilibrée à balles creuses et visée laser.

– Les fédéraux m'ont redonné les flingues.

– Je croyais l'avoir définitivement perdu celui-là.

– Pendant que tu vas aller faire la fête, j'envoie le top de départ pour la reconstruction de Courtson Cave, okay ?

– Fonce.

Je me tire. L'alcool m'a redonné un peu le moral.

Une heure plus tard, j'ai fait mes courses. Une Mercedes 500 SEL coupé sport, un nouveau costume parce que celui que m'a payé Shanon ne me plaisait pas, deux nouveaux .45, mais j'ai pas trouvé de balles au mercure alors j'ai passé la commande, et un gilet pare-balles en toile d'araignée ultra-léger qui vient juste de sortir des laboratoires militaires et qui sera pas commercialisé avant quelques années. Vive le marché noir !

Je décide de rendre visite aux Italiens. S'ils me tuent pas dans l'instant où ils me verront, j'ai une chance de parler au Parrain et d'apprendre quelques trucs.

En un saut de Mercedes, je me retrouve dans Little Italy, un quartier que j'aime vraiment pas. Ça pue les spaghettis et les tagliatelles à chaque fenêtre ouverte. Je m'arrête devant une épicerie pourrie qui sert de siège social aux mafieux. Y'a trois ritals assis sur des chaises pliables juste devant la devanture. Ils ont des bides aussi gros que mon .44 et me regardent descendre de la caisse d'un œil graisseux. Plus loin, y'a trois-quatre hommes de main en costumes trois pièces qui surveillent le coin.

Je m'approche des trois ritals qui lèvent pas leurs culs à mon arrivée.

– Y'avait des bruits comme quoi t'étais revenu dans le coin, Harris, mais on avait du mal à y croire.

Je regarde l'empaffé qui vient de causer en lui souriant.

– Il est là Don Sergio ?

– Il est occupé.

– Va lui dire que je suis là et que je veux lui causer.

Les trois graisseux se jettent un regard interrogateur. Y'en a un qui lève son cul de trois tonnes et qui rentre dans l'épicerie. Je vois aussi que les trois-quatre gus en costumes trois pièces se sont rapprochés. Ils fument des clopes comme si de rien n'était.

Le graisseux ressort :

– Laisse tes joujoux à la réception.

Je sors le .44 et les deux .45 que je lui file.

– J'y tiens, alors déconne pas, sinon je te vide de ta graisse méridionale.

– Ta gueule et suis-moi !

Il me fait passer derrière le comptoir de l'épicerie et me fait entrer dans une petite cuisine qui pue les carbonaras. Lui, il reste devant la porte, un flingue à la main.

Don est assis au bout d'une petite table recouverte d'une nappe plastifiée. Il bouffe comme le gros porc qu'il est. Putain, ce que je les aime pas ces fils de pute de ritals.

– Salut, Don.

– Assieds-toi, Mac, il me dit d'une voix cassée genre le Parrain.

Je suis sûr qu'il s'est entraîné pour que ça ressemble au film. Derrière moi, y'a l'autre gros tas qui bouge pas, il attend un signe de son boss pour me foutre une bastos dans le crâne.

– Je suis content que tu reviennes à tes origines, Mac. Sois le bienvenu à N.Y.

– Merci.

– Mais je suis moins content de ce que tu as fait cette nuit, Mac. Vraiment pas content.

– Qu'est-ce que j'ai fait cette nuit, Don ?

Les spaghettis qui glissent entre ses lèvres boudinées font un sifflement qui m'écœure.

– Ne joue pas avec moi. Tu as massacré un de mes clubs, buté un de mes barmen préférés et tu as fait flamber Phil E. Blood. Et je n'aime pas qu'on flambe des gars qui me servent.

– Il m'a manqué de respect. Il a payé. Tu devrais apprendre à tes hommes le respect des gens importants, ça fait vraiment désordre.

– Le barman, il s'appelait Silvio. On me l'avait envoyé de Sicile le mois dernier pour que je le forme. Qu'est-ce que je dois leur dire là-bas, Mac ? Qu'un type qui avait disparu de la circulation depuis dix ans est revenu s'implanter et pour se refaire la main il a joué au ball-trap sur Silvio ?

– Il m'a pas laissé le choix.

Don s'essuie la bouche pleine de crème et me regarde. Ces ritals ont vraiment aucune classe, bordel, pas une once de savoir-vivre.

– Bien sûr, je te passe le fait qu'après le club tu

aies flingué trois autres types à moi qui pionçaient peinard dans leur appart. Je passe aussi le fait que l'immeuble ait été bombardé à la roquette… Tu as un cul bordé de nouilles !

Je ne dis rien. J'ai presque envie de bâiller pour lui montrer à quel point je me fous de ce qu'il me raconte, mais je ne suis pas certain qu'il apprécie ce genre d'humour.

– Tu es venu pour t'excuser, Mac ?

– Rêve pas Don…

Je sens l'autre molosse dans mon dos qui s'agite.

– … Phil, un peu avant de flamber, m'a dit que Samantha t'avait demandé une protection. Je la cherche.

– Pourquoi Samantha m'aurait demandé une protection ?

– Je sais pas. Peut-être parce qu'elle a exécuté des contrats pour toi par exemple.

– C'est vrai. Elle en a fait quelques-uns.

– Et pour la protection ?

Il se lève et prend une bouteille de vin, que dis-je ? de pinard, et se sert un verre.

– Je l'ai planquée. Mais elle est repartie maintenant. Je crois qu'elle avait des problèmes avec quelqu'un de puissant.

– Tu as une idée de qui ça peut être ?

– Non, et je m'en fous, c'est pas mes oignons.

Moi, je ne m'occupe pas du cul des autres et tu devrais suivre ce conseil, Mac. On m'a dit que tu allais rouvrir Courtson Cave, c'est vrai ?

– C'est vrai.

– Et qu'est-ce que tu comptes faire pour réparer tes erreurs de la nuit ?

Je m'allume une cigarette, mais ne lui en propose pas.

– Rien. J'ai rien à réparer. Mais je vous enverrai des invitations pour la soirée d'inauguration.

– Évite de marcher sur le terrain des autres et tu resteras en vie.

– Très bon conseil, Don. J'espère que tu l'appliques aussi bien que tu le donnes.

Nouveau mouvement derrière moi. Je tourne la tête pour voir la tronche bouffie de l'autre con qui a pas l'air satisfait du ton sur lequel je parle.

Je me lève.

– Une dernière chose : qui m'a tiré dessus à la roquette ?

– Je ne sais pas. Nous on donne pas dans le rayon boucherie-charcuterie, on exécute à l'ancienne, dos au mur et canon d'une mitraillette sur le bide. Mais si tu trouves les chiens galeux qui ont fait ça, laisse-m'en un morceau.

– J'y penserai.

Je sors. L'autre con me raccompagne en me

regardant d'un air méchant et me redonne mes flingues. Je ne lui dis pas au revoir et me tire aussi sec.

Je reviens sur les lieux où j'ai malencontreusement heurté une roquette en plein vol. L'immeuble est dans un état pitoyable. Ce qu'il reste du troisième étage ne m'engage pas à continuer cette ridicule enquête. Des gens capables de vous tirer dessus au lance-roquettes sont capables de tout.

Je regarde l'immeuble d'en face, là d'où elle a été tirée. Les gens dans la rue m'observent d'un drôle d'œil et je me souviens que je ne suis pas de la plus grande fraîcheur malgré tout. J'avise aussi le tas de poubelles éparpillées sur la rue. C'est probablement là qu'a atterri Snake après son vol plané.

C'est un immeuble classique pour le coin, crasseux et minable. Je grimpe au troisième. Une des portes a des scellés que je fais sauter aussitôt.

L'appart est assez grand et abandonné depuis des années. Des débris de meubles, une grole, un caleçon traînent par terre dans un désordre poussiéreux qui prend à la gorge. De la fenêtre, on a une superbe vue sur l'appart des ritals. Je me retourne et observe le mur qui se trouve cinq-six mètres derrière moi. Il est légèrement brûlé. C'est donc bien de là qu'on m'a aligné. Et ce n'était pas une erreur qu'on ait balancé l'engin pile poil au moment où j'y étais. Et faut être sacrément barge pour oser tirer au lance-roquettes dans un endroit clos. Que dis-je ? Suicidaire, oui.

Je me relève d'un coup. Je sens une odeur de parfum. Celle-là même que j'avais sentie chez Sam après le cambriolage. Je reste figé là au moins une minute pour être certain de ne pas me tromper. Mais non, c'est bien la même odeur, mélangée à de l'odeur de poudre, certes, mais c'est bien la même.

– Qu'est-ce que vous faites là ?

Je sursaute et me retourne, flingue en main. La gardienne est dans l'encadrement de la porte, son balai dans les mains. Je rengaine le pétard.

– La police a mis des scellés c'matin, c'est vous qui les avez enlevés ?

– Faut croire.

Je m'approche en sortant un bifton de cent.

– Je suis sûr que vous allez pouvoir me renseigner.

– Ça s' pourrait bien, elle me fait en matant le billet que je frictionne entre mes doigts.

– Vous savez qui est venu dans cet appartement cette nuit ?

– C'est que j' sais pas si je dois répondre.

J'en sors un second.

– J'ai le sommeil lourd, vous savez, mon bon monsieur.

J'en sors un troisième. Elle me les prend des mains et ricane comme une vieille sorcière.

– Vous au moins, vous savez parler aux dames. Ouais, j'ai bien vu qui est venu ici cette nuit. C'était une femme. Une femme que j' vous dis, habillée avec des trucs militaires et une casquette. Et elle portait un gros sac dans la main.

– Elle ressemble à quoi cette femme ?

– Une brune j' crois. Avec des cheveux longs qu'elle avait coincés sous la casquette, vous voyez. Elle faisait pas de bruit. Alors ça m'a intriguée, j' l'ai suivie. J'ai à peine eu le temps d'arriver au second qu' j'entendais l'explosion d' l'autre côté, vous vous rendez compte. J' suis descendue pour voir c' qui s' passait. J' pense qu'elle a profité d' l'agitation pour s' carrapater dans notre dos.

– Vous l'avez dit à la police ?

– Vous m' prenez pour qui ?

Je sors un autre billet que je lui tends :

– Pour oublier que je suis passé.

Je roule. Je roule dans Manhattan et je pense. La poulette qui a cambriolé Sam et qui nous a allumés cette nuit est la même. Mon instinct me dit qu'elle doit avoir un rapport direct avec les deux faux fédéraux qui sont venus me voir à Blue Fall Point. Je conclus donc que pour une raison ou une autre, on avait envie que je revienne à N.Y. Mais pourquoi ? Qui aurait intérêt à me ramener ici pour me flinguer ? Y'a quand même un truc qui me turlupine : cette nana semble être une pro et pourtant elle s'enduit de parfum, et c'est pas normal. Elle a envie qu'on sache que c'est elle qui le fait. Dans le métier, on appelle ça une ego-signature. C'est ce qu'il y a de pire pour un tueur.

D'un coup, une illumination me traverse le cerveau de part en part et je manque d'emboutir le cercueil devant moi. Je m'arrête devant la boîte de conserve où habite Sam. Je vérifie que les plis de mon nouveau costume sont bien faits et entre dans le hall. À l'entrée, il y a tous les noms des gens qui habitent dans l'immeuble. J'en retiens un, celui qui habite au même étage que Sam. Le gardien, un Noir cette fois, me regarde arriver.

– Vous désirez ?

– Je voudrais faire une surprise à une amie. Je vous demande de pas la prévenir de mon arrivée, ça gâcherait.

– Il faut que je marque votre passage et qui vous allez voir.

– Je vais chez M. et Mme Arretson.

Je vois le gardien qui note ça sur son ordinateur.

– Bien. Vous savez où c'est ?

– Oui, oui, je connais le chemin. Merci mon brave.

Je lui place un billet de vingt dans la poche de sa veste et prends l'ascenseur. Je sais qu'avec les caméras, il doit suivre ma progression sur ses moniteurs vidéo.

Arrivé à l'étage, je jette juste un œil sur la porte de Sam pour vérifier que les scellés y sont bien. Ils y sont.

Très cool, je vais sonner à la porte des Arretson. Je n'espère qu'une chose, c'est qu'en pleine journée, il n'y ait pas grand monde là-dedans. Je vois l'objectif de la caméra qui zoome sur moi.

La porte s'ouvre sur une belle brune d'une quarantaine d'années qui ouvre de grands yeux surpris et apeurés. Surtout apeurés d'ailleurs.

Je l'enlace et l'embrasse tellement subitement qu'elle n'a pas le temps de réagir. Du pied, je referme la porte sur cette pourriture de caméra.

Je la relâche et elle me regarde, son rouge à lèvres étalé autour de sa bouche.

– Vous ne manquez pas d'air vous !

– Je trouve aussi.

Je rentre dans son salon. Elle me suit sans hurler ni faire une crise d'hystérie ce qui n'est pas pour me déplaire.

– Vous venez me cambrioler ou me violer ?

– Ni l'un ni l'autre. Je viens juste emprunter votre terrasse.

– Je vais être obligée d'expliquer aux flics pourquoi vous êtes venu chez moi pour vous suicider, vous n'avez pas une autre méthode en tête ?

– Je ne viens pas pour me suicider.

– Vous êtes un original, vous !

– N'est-ce pas !

J'ouvre la baie vitrée donnant sur la terrasse. Deux mètres la séparent de la terrasse de Sam. Je fais l'erreur de regarder vers le bas. Brrrrrr, quinze putains d'étages, ça fait haut.

– Ah c'est ça, vous êtes un cambrioleur-voltigeur.

– C'est ça ! Exactement ça !

– Vous repasserez par là tout à l'heure ?

– Ben, si ça vous embête pas ?

– Bon, je vous prépare un petit café pour votre retour, je pense que vous en aurez besoin.

– C'est charmant, je vous en suis reconnaissant.

Et sans vraiment réfléchir à ce que je fais, je prends mon élan et bondis au-dessus du vide terrifiant. Je m'écrase comme une loque dans les plantes de Sam, renverse des trucs dont je n'ai jamais vu la couleur et termine contre la baie vitrée hermétiquement fermée.

– Vous allez bien ? me demande la voisine d'un air inquiet.

– C'est bon, c'est bon.

Je me relève et constate qu'elle est soulagée de me voir entier. Je prends un pot de fleurs que j'ai renversé et l'envoie contre la vitre qui tombe en morceaux. Rien n'a changé depuis mon dernier passage, à l'exception des traces de crayon laissées par la balistique. Je me rends directement dans la salle de bains.

J'estime que j'ai une petite minute de liberté totale avant l'intervention du gardien, je n'ai pas de temps à perdre. Je trouve les flacons de parfum que je fous dans un sac qui traîne par là et retourne rapidement à la terrasse.

Une nouvelle idée me vient et je me précipite dans la chambre. J'ouvre les tiroirs de la table de nuit, fouille vaguement à l'intérieur. Il y a un livre de chevet, *Les Magouilles de l'État*, par Karl Feilding, quelques trucs inutiles et quelques photos. Sans même les regarder, je les fourre aussi dans le sac et bondis vers la terrasse. J'entends la clef qu'on introduit dans la serrure. Je sais que je vais avoir mal, mais je saute sans tarder sur la terrasse de la voisine et, égratigné à plusieurs endroits, je me jette dans son salon.

– Ah, vous êtes déjà là ?

Je sursaute, surpris, et lui fais signe de se taire. Mais les apparts, ici, sont bien insonorisés. J'entends rien. Je m'assois dans un confortable fauteuil en cuir et ouvre le sac. J'ai piqué une dizaine de parfums, tous valent une fortune, j'en suis certain. Mais pour pas polluer le salon de la nana je m'abstiens de les essayer ici. Je referme le sac et le fous dans un coin.

Elle revient avec le café, posé sur un plateau d'argent.

– Vous ne vous êtes pas trop fait mal ?

– Non, quelques écorchures.

– Et toutes ces autres blessures, là ?

– Rien. Quelques brûlures sans importance.

Elle sourit en détournant les yeux et je me demande bien pourquoi.

Je prends le temps de mieux la regarder. On sent la femme d'une certaine classe, directement issue de la droite bourgeoise de N.Y., probablement mariée à un type important ou un truc comme ça. Je m'aperçois aussi qu'elle s'est changée. Elle a enfilé une robe noire au décolleté impressionnant qui la met tout en valeur. Et elle a tout là où il faut. Pas de problème là-dessus.

– Du sucre ?

– Non, je le bois pur, comme le whisky.

Elle s'assoit juste en face de moi et quand elle se penche pour verser le café dans la tasse j'ai le loisir de voir son nombril et tout ce qu'il y a autour. Tout ce que je sais, c'est que ça peut pas ne pas être fait exprès ce genre de position.

– Alors ? elle me demande.

– Alors ?

– C’est comme ça que vous procédez quand vous faites un cambriolage. Vous entrez chez une femme seule, vous l’embrassez pour l’empêcher de crier et vous commettez votre méfait.

– Non, c’est la première fois que je fais ça.

– On ne le dirait pas. Vous faites ça très bien d’ailleurs.

– Merci.

Elle s’assoit avec son café dans les mains.

– Je m’appelle Catherine, et vous ?

– Mac. Mais je vois que ça n’a pas l’air de vous traumatiser que je sois arrivé à l’improviste de cette façon.

– Moi aussi, c’est la première fois que je laisse entrer un homme comme vous chez moi…

Elle sourit.

– Mais j’avoue que ça redonne un peu de piquant à ma vie tranquille. Vous connaissez ma voisine ?

– Juste comme ça, de vue.

– C’est pour ça que vous l’avez cambriolée ?

– En quelque sorte. Il fait quoi votre mari ?

– Il est dans la politique. Moi j’ai horreur de ça. Il n’est pas souvent ici d’ailleurs.

Elle regarde à travers la fenêtre d’un air triste. On sonne.

– Excusez-moi.

Elle se lève et va jusqu'à la porte en dandinant discrètement du cul. C'est très sexy. Elle ouvre et j'entends la voix du gardien :

– Bonjour, madame Arretson. Excusez-moi de vous déranger, mais j'aimerais simplement la confirmation qu'un homme vous a bien rendu visite il y a une dizaine de minutes.

– Oui, Max, un très vieil ami dont je n'attendais pas la visite. Que se passe-t-il ?

– L'appartement de madame Madison vient d'être cambriolé.

– Encore ? Décidément, cette femme a une multitude de soupirants.

– Je vous remercie, madame Arretson, je vous souhaite une bonne journée.

– Vous aussi, Max.

La porte se referme et Catherine réapparaît.

– Ai-je été à la hauteur ?

– Parfaite.

– Cela mérite bien un de vos fameux baisers, non ?

Okay, ma poule, tu vas voir ce que tu vas voir. Je me lève, l'enlace et l'embrasse aussi spontanément que lors de mon arrivée. Je l'entends roucouler, ça me fait tout chaud. Au bout d'une bonne minute de baiser passionné, et j'avoue qu'elle ne se débrouille vraiment pas mal non plus, elle me repousse doucement.

– Non, je suis désolée, je ne peux pas faire ça ici. Mon mari…

– Je comprends.

Espèce de sale allumeuse. Je prends mon sac et me dirige vers la porte.

– On se revoit quand ? elle me demande.

J'avoue à mon grand désespoir que je la trouve vraiment tentante. Rapidement, elle me griffonne un numéro de téléphone sur un post-it.

– C'est mon numéro de portable. Appelle-moi vite !

– Promis !

– Et si un jour tu as un problème avec la justice, n'oublie pas que j'ai beaucoup d'influence sur mon mari.

– Okay, poupée. Mais faut que j'y aille.

Elle m'embrasse une dernière fois et me jette dehors. Ouahou ! Dans l'ascenseur, je fais de mon mieux pour retrouver mes esprits.

De retour dans le bureau de Snake, je vaporise un par un tous les flacons et les renifle. Snake suit mon manège, sceptique. Il a ouvert grand la fenêtre parce que ça devient intenable.

– Tu soupçonnes Sam ? Tu trouves pas ça un peu gros ?

– Si, mais j'ai déjà vu des trucs encore plus dingues. Je sais pas, peut-être qu'elle veut effacer son passé, ou qu'elle a intérêt à m'éliminer, qu'est-ce que j'en sais, moi ? Peut-être même que c'est un contrat. Je vois bien Patterson passer un contrat à Sam pour qu'elle me bute, pas toi ?

– Ouais, Patterson, c'est crédible, mais je ne suis pas certain qu'elle aurait accepté.

– Un contrat, c'est un contrat, Snake. Et puis peut-être qu'elle avait pas le choix, tu connais cet enculé de Patterson.

Je vaporise un nouveau parfum et Snake fait la gueule.

– Putain, toutes ces odeurs à la con vont rester imprégnées maintenant.

– C'est pour la bonne cause.

– Si elle avait eu un contrat sur toi, elle se serait déplacée elle-même. Tu confies pas un contrat à des sous-fifres.

– Normalement, non, mais comme c'était moi, peut-être qu'elle a eu les boules… C'est celui-là.

Je vaporise une nouvelle giclée et renifle à fond. Je manque de m'étouffer, mais j'en suis certain, c'est bien ce parfum que j'ai senti chez elle et dans l'appart abandonné.

– T'es sûr ?

– Ouais !

On se regarde. Je dois être blanc comme un linge.

– Merde, fait Snake.

– Ouais ! Merde de merde !

Courtson Cave

SNAKE A PROPOSÉ de m'adjoindre deux gorilles. J'ai refusé. Ce sera elle ou moi, mais y'aura pas d'intermédiaire. On a conclu que maintenant qu'on parlait de nous dans les journaux, à cause de la roquette, elle devait savoir que j'étais à N.Y. Et de là, y'a qu'un pas à faire pour comprendre que je suis chez Snake. Mais on a pensé à autre chose aussi. On s'est dit qu'en ouvrant de nouveau Courtson Cave, ça l'attirerait comme une mouche et peut-être, mais ce n'est qu'une putain de vulgaire supposition, elle viendrait à l'inauguration pour me dire un petit bonjour. Après tout, elle est pas censée savoir que je sais que c'est elle.

On a repensé à tout ce qui s'est passé depuis le début. On en a parlé pendant une nuit. Tout tient debout et j'en dors plus maintenant. Les deux gars de Blue Fall Point, des hommes de main chargés de jouer aux éclaireurs. Leur absence de quarante-huit heures : le temps de prévenir Sam qu'ils m'ont trouvé, qu'elle bondisse dans un avion pour Las Vegas et la route du retour pour venir à ma station service abandonnée. Ils avaient pas prévu que les blaireaux du bled m'obligeraient à partir. Par contre, on n'a pas trouvé d'explication à leur mort. Mais dans ce coin, tout peut arriver, alors…

À N.Y., il s'est passé quelques jours pour qu'on tombe sur la piste des ritals et de l'histoire de protection. Ça lui a laissé le temps de prévoir un second plan. Un vulgaire leurre pour m'attirer dans l'appart et me rôtir au lance-roquettes. Ce qui laisserait supposer que ces fils de pute d'Italiens sont dans le coup, mais ça n'aurait rien d'étonnant. On a pas mal de différends, eux et moi. Snake a proposé une théorie intéressante. Il est pas dur de trouver que Courtson Cave m'appartient encore puisque Snake a tout racheté en mon nom. Courtson Cave a été le club le plus réputé de N.Y. et les ritals ont peut-être envie de le récupérer. Et Sam, depuis qu'elle sait que je suis vivant, elle s'est planquée quelque part pour éviter que je la retrouve. Elle veut garder l'avantage de la surprise, la meilleure arme du tueur. Mais au milieu de ses plans, il y a Courtson Cave, et Courtson Cave, c'est un lien indestructible entre elle et moi. C'est là-dessus qu'on mise, Snake et moi.

Putain, tout tient debout et ça m' fout les boules !

– Alors, qu'est-ce que t'en penses, Mac ?

Snake me présente le nouveau Courtson Cave, une semaine à peine après le début des travaux. Tout est presque terminé et les ouvriers installent l'éclairage. Je me sens tout chose de voir ça entièrement rénové, j'ai le palpitant à cent cinquante. Les souvenirs se bousculent au portillon.

– C'est très cool, très très cool.

À l'intérieur, y'a pas que les ouvriers qui s'activent. Y'a Old Boy au fond de la salle qui inspecte la scène d'un air pas très content. Plus loin, y'a un casting pour les serveuses. C'est Cathy qui s'occupe de ça, la petite-fille d'Old Boy. Comme elle a été virée, je l'ai recrutée. Je suis sûr qu'elle s'en sortira très bien. Les filles qui se présentent sont toutes plus mignonnes les unes que les autres. Je m'approche pour voir comment elle se débrouille. Pour le moment, elle interroge une belle gamine blonde avec des gros seins. Elle a un air un peu trop vulgaire pour être serveuse ici.

– Cathy, je lui dis, elle tu la vires, elle n'a pas la tronche de l'emploi.

– Okay, Mac.

Comme la gamine bronche un peu trop, un ouvrier la fout dehors à grands coups de pied dans le cul.

– Pour les salles de jeux illégales, c'est derrière un passage surveillé par caméra.

Snake me montre ça avec enthousiasme.

– Y'aura un type qui surveillera tout ce qui se passe dans le club par caméra vidéo. Si y'a un problème, il appellera dans l'instant un videur.

– Et mon bureau ?

– Viens, je vais te le montrer.

Il me fait monter un petit escalier qui aboutit directement dans ledit bureau. Spacieux, capitonné de cuir marron, aucune fenêtre pour éviter les assassinats inattendus, il est royalement superbe

– Moi, je resterai en salle la plupart du temps, mais tu pourras m'appeler par le biais de l'agent qui surveillera les caméras.

– Tu as fait un chouette boulot, Snake.

– Attends, je ne t'ai pas tout montré.

Il se dirige vers un coin de la pièce et fait pivoter le bar.

– Tu vois la décoration là ? Regarde bien.

Il appuie dessus et à un mètre de lui, le sol

s'ouvre d'un coup. Je m'approche pour regarder à l'intérieur, mais c'est tout noir et je vois rien du tout.

– Ça sert à quoi ?

– À ton avis ?... C'est pour vider les macchabées directement dans l'égout. Ils ressortiront un jour sur l'Hudson et personne ne pourra deviner qu'ils viennent d'ici.

– Tu comptes buter beaucoup de monde ?

– Ben, vaut mieux être prévoyant.

Je redescends en bas. Cathy me présente les quatre poulettes qu'elle a pour le moment sélectionnées.

– Qu'est-ce que tu penses d'elles, Mac ?

Elles sont sagement alignées le long du comptoir en chêne massif. Rien à redire sur le physique, elles feraient bander un centenaire sans problème. Aucune n'a l'air vulgaire, ne mâche de chewing-gum et ne porte de pantalon. J'vois que Cathy a bien suivi mes instructions.

– Bon les filles, une par une, vous allez me dire bonjour.

Bien sagement, elles me disent bonjour. Y'en a que deux qui sourient sur les quatre et ça me plaît pas. La troisième a une voix légèrement métallique. Je leur dis de gicler de mon club et elles se font pas prier maintenant qu'elles ont vu comment je sortais les gens pas désirés. Dans la file d'attente, y'a cinq autres pouffiasses qui enquillent la marche des refoulées. Celle qui reste a l'air vachement contente et ça me fait plaisir pour elle.

– Snake, tu lui prépares son contrat. Moi je me tire prendre l'air.

– Okay, Mac.

Il me regarde partir, un peu déçu que je ne reste pas. Mais faut que je voie autre chose. Je prends mon nouveau téléphone cellulaire et j'appelle Catherine.

J'ouvre la porte et avant que j'aie eu le temps de dire quoi que ce soit, elle me saute dessus, me colle au mur et m'embrasse comme une vraie chienne en chaleur. Pas un mot échangé, rien que du sexe, okay ma belle !

On tombe sur le lit, elle arrache mon costume Armani, me griffe de ses ongles rouge vif. Elle me mord, je la mords, elle me griffe, je la griffe. Elle s'est mise sur son trente et un pour moi, comme dans les films pornos. Talons hauts, dentelles vraiment aguichantes, bas et jarretières. On se viole mutuellement, on tombe par terre, on roule sur la moquette de quinze centimètres d'épaisseur. J'apprends à mes dépens que la moquette ça brûle dans le feu de l'action.

Quelque temps plus tard, éreinté, fracassé et vidé, je suis allongé sur le pieu avec elle dans mes bras. Putain, ça faisait des décennies que j'avais pas baisé comme ça. Shanon, c'est de la merde à côté de ça. On fume une clope en reprenant notre souffle. Le silence s'éternise et ça fait vachement du bien de rien dire des fois.

Au bout d'un moment, elle se lève et s'habille. Elle fait la moue en s'apercevant qu'elle ne peut plus mettre sa robe déchirée.

- Tu aurais pu t'y prendre mieux.

- Fallait pas commencer à me violer !

Elle sourit. Putain, elle a vraiment un beau sourire. Elle l'enfile et coince les déchirures par des épingles.

– Espérons que mon mari ne soit pas rentré.

– Ouais…

Y'a une question qui me turlupine et je la lui pose.

– … T'as beaucoup d'amants à voir ?

– Énormément ! Des centaines par semaine… Non, je rigole. Tu es le premier que j'ai.

Je me sens comblé, même si c'est probablement pas vrai. Une nana qui est mariée et qui baise de cette façon est capable de tout.

– J'ouvre un club après-demain. Y'a l'inauguration, tu veux venir ?

– Seule ?

– Avec ton mari, que je voie la gueule que ça a un cocu.

Elle éclate de rire.

– D'accord, on viendra. C'est à Courtson Cave ?

Je la regarde, surpris.

– Ouais… comment tu le sais ?

– Je lis les journaux et on ne parle que de ça.

– Ouais, évidemment.

Elle s'assoit à côté de moi et m'embrasse très tendrement pour la première fois.

– Au fait, y fait quoi ton mari ?

– C'est un très très grand juge.

C'est à mon tour de me marrer. Je fais cocu un de ces pédés qui envoient des crapules dans mon genre derrière les barreaux.

– Pourquoi ça te fait rire ?

– Pour rien, laisse tomber.

– Tu envoies les cartons d'invitation à mon nom, je lui dirai que tu es un vieil ami.

– Ça roule, ma poule !

Elle sort de la piaule en m'envoyant un baiser de la main. J'ai à nouveau le moral. Et puisque j'ai pris la suite pour la nuit, j'y reste pour dormir.

L'inauguration. Y'a deux cents personnes qui se baladent dans le club. Ça va de Bernie l'alcoolique-clochard au sénateur du New-Jersey. Un brassage comme je les aime, Snake a fait les choses en grand. Tout le monde en smoking et robe de soirée, je retrouve le Courtson Cave d'antan. Ça discute, ça joue, ça boit, ça drague, j'adore ça.

Shanon est en train de faire du charme à Anderson, l'agent du FBI, gracieusement invité par Snake. Elle se comporte comme une vraie salope, je la croyais pas comme ça celle-là. Sur la scène, Old Boy nous joue un putain de morceau d'anthologie avec son nouveau groupe. À le voir comme ça, je me demande comment il peut tenir debout, il est tellement maigre.

Et comme avant, je suis le nouveau roi de New York. On vient me serrer la main, on me donne des cartes de visite, on me présente Untel et Untel. Le club respire le pouvoir et la puissance et ça en impressionne pas mal. Bien sûr, Don Sergio et quelques-uns de ses acolytes ont été invités. Ils sont assis à une table et observent tout ce beau monde d'un œil jaloux. Je leur fais même offrir par la maison un Dom Perignon à température. Ça va leur apprendre la vie à ces barbares.

– Viens voir, me dit Snake.

Il m'emmène jusqu'à l'entrée. Tout le quartier est réuni et observe les voitures qui s'arrêtent devant, limousines et compagnie. La gloire ! Ça va rappeler des souvenirs aux anciens.

– C'est le succès, Mac, le succès. On est les nouveaux rois bordel de merde !

De l'intérieur se dégage un brouhaha fabuleux.

Le maire vient me serrer la main. Celui-là, je le connais depuis longtemps.

– Vous allez bien, monsieur le maire ?

– À merveille. À merveille ! Enfin un endroit décent dans ma ville, ça fait plaisir.

Je souris bêtement comme l'exige le protocole.

– Vous serez toujours le bienvenu, monsieur le maire.

– C'est sympa, la ville vous en sera reconnaissante.

En clair : si vous avez besoin d'un marché quelconque, je graisserai les pattes nécessaires.

– Parfait.

Une limousine blanche s'arrête devant. Je vois Catherine et son mari en descendre. Il a une quarantaine d'années, le visage typique du juge qui se lance dans la politique.

– Mac, me lance Catherine à la façon d'une femme du monde.

Elle me serre la main. Ses yeux me lancent des éclairs d'envie. Ça brûlerait presque !

– Je te présente mon mari, Charles Arretson junior.

– Enchanté ! je réponds poliment.

– Catherine m'a beaucoup parlé de vous.

Tu m'étonnes, espèce de cocu.

– Tout le monde ne parle que de l'ouverture de votre club. Je suis comblé d'avoir été invité.

– C'est tout à fait normal.

C'est là qu'il voit le sénateur. Il se retient pour ne pas ouvrir des grands yeux de surprise.

– Mais je vois qu'il y a le sénateur. Excusez-moi !

Je le suis du regard, amusé.

– Monsieur le sénateur, vous ici ?

– Tiens, le juge Arretson, mon futur concurrent.

Je me retourne vers Catherine. Leurs affaires politiques m'insupportent.

– Viens, je vais te faire visiter.

Discrètement, à l'oreille, elle me glisse :

– Je ne me suis pas remise de la dernière fois. On recommence quand ?

Je souris. Ça me rajeunit un peu ce genre de compliment.

– T'inquiète pas pour ça, la soirée va être longue.

Ça la met dans tous ses états la femme du juge. Elle me tient par le bras et je m'apprête à la présenter à mes potes du FBI lorsque j'aperçois Samantha à l'entrée.

Je ne bouge plus, complètement tétanisé. Pas par peur ni par crainte, mais parce qu'elle est tellement belle. Tellement, tellement belle. Mon cœur s'accélère. J'ai une boule dans la gorge. À cet instant, je sais que je suis encore complètement fou amoureux d'elle.

Snake est à ses côtés et m'indique du doigt. Elle le remercie et commence à traverser la foule. Elle porte une robe de soirée pailletée bleu ciel de toute beauté. Chacun de ses mouvements me rappelle un souvenir d'elle. Je n'ose plus bouger. Je ne respire plus. Par une fente sur le côté droit de sa robe sort sa jambe, toujours aussi parfaite, toujours aussi belle. Elle n'a pas pris une ride.

Plus elle se rapproche, et plus je suis tétanisé. Je sens Catherine qui ne comprend pas pourquoi je ne bouge plus. Elle suit mon regard et voit Samantha.

Comme si elle était coupable d'être accrochée à moi, elle retire son bras subitement. À une dizaine de mètres, Samantha nous regarde et son regard change d'un coup. Un regard comme je ne lui en ai jamais vu.

Elle glisse sa main sous la fente de sa robe et retire un Walther PPK.

Tous mes muscles se contractent.

– Snake, je hurle au-dessus du brouhaha général tellement fort que des gens sursautent à côté de moi.

Mais il est déjà en train de dégainer. Je plonge sur Catherine pour la faire tomber à terre. Une balle de l'arme passe à trois centimètres de sa tête et éclate une bouteille de champ.

Les détonations du .44 explosent. Trois détonations. Je relève la tête.

Samantha, en lambeaux, s'écroule par terre. Elle vit encore, c'est comme une scène au ralenti.

Elle me regarde droit dans les yeux. Je me relève et m'accroupis à côté d'elle. Mes genoux baignent dans son sang.

Dans la salle, une bonne vingtaine de gardes du corps ont dégainé leurs flingues et protègent leur patron.

Sam me regarde. Je suis en train de pleurer. Pour la première fois depuis des siècles, des larmes coulent sur mes joues. Je lui prends la main. Elle est toute chaude. Elle aussi elle pleure.

J'approche mon visage du sien. Ses yeux expriment exactement ce qu'ils exprimaient il y a dix ans.

– Je t'aime, Mac, elle me murmure à l'oreille.

– Je t'aime, je lui réponds.

Je me retourne vers la foule et hurle :

– Appelez une ambulance, merde !

Samantha est agitée de soubresauts. Je me baisse et l'embrasse sur la bouche. Je ne m'aperçois même pas que son sang s'étale sur mes lèvres.

Elle est morte !

La fin

L'ENTERREMENT s'est bien passé. Y'avait à peu près cinquante personnes. Le prêtre a dit quelques inepties classiques et les fossoyeurs ont descendu le cercueil dans ce putain de trou béant. Je lui ai payé le plus beau cercueil qu'on pouvait trouver à cent miles à la ronde et j'ai fait graver en lettres d'or « *À mon amour éternel* ». Puis tout le monde s'est dispersé sans bruit, est remonté dans sa voiture et a disparu à l'horizon. Moi je suis resté seul devant le trou qu'on remplissait de terre et j'ai rejoint Snake qui m'attendait près de la Mercedes.

– Cool, Mac, je suis là.

On est sur la route. Tous les enculés qui vivent et existent autour de moi me donnent envie de gerber. New York me donne envie de gerber. Snake me donne envie de gerber. Mon .44 Automag en céramique rééquilibrée à balles creuses et visée laser me donne envie de gerber. Je gerbe.

Snake dit rien. Il constate juste que ses sièges en cuir sont foutus.

– Snake.

– Ouais, Mac ?

– Je me tire tout à l'heure.

Il pile d'un coup et s'arrête au milieu de la rue.

– Tu déconnes, là ?

– Je me tire ! Terminé, basta !

– Mac, reprends-toi, merde.

– Cherche pas, tu me convaincras pas.

Il se cogne la tête contre le volant.

– Mais merde, Mac, elle a voulu te flinguer cette salope. Elle voulait te faire la peau, t'entends ce que je te dis…

Il me secoue par le bras.

– … elle était pas là pour te dire bonjour, pas là pour te sauter dessus comme dans le passé, elle était là pour te buter ! Réagis bordel, cette chienne allait…

Je dégaine le .44.

Comme il est très rapide aussi, il dégaine le

sien et on se retrouve chacun avec un canon sous le menton.

– Tu l'insultes plus jamais, compris ! Plus jamais…

– C'est la première fois que tu me fous un flingue sur la face, Mac.

Cette fois, j'ai l'impression que c'est lui qui a envie de pleurer. Je sais bien que ça me démange de lui exploser le caisson, mais je suis aussi conscient de ne pas être dans mon état normal. Je retire le flingue et il retire le sien. Il souffle un grand coup, il sait que j'aurais pu tirer.

La voiture de derrière klaxonne parce qu'on est au milieu de la rue. Je vois le Snake devenir tout rouge. Le flingue en main, il sort de la voiture et braque le conducteur. Je crois qu'il a besoin de décompresser.

Le conducteur se couche sur son siège et Snake vide son chargeur dans la caisse. Le capot vole en l'air et le moteur se met à fumer. Mais il a pas tiré sur le gars. C'est une règle d'or. Pas de civil, uniquement des crapules dans notre genre, qu'ils portent un uniforme ou non.

Il remonte dans la voiture et démarre. Il ne parle pas.

– Je te laisse le club. Il est à toi.

– Tu sais très bien que c'est pas mon club,

c'est le tien. J'en ai rien à foutre d'avoir Courtson Cave si on est pas tous les deux.

On ne dit plus rien jusqu'à chez lui. Je crois que notre amitié vient de voler en éclats. Définitivement. Il va vers son bureau sans même m'adresser un regard.

Je monte dans ma piaule. Y'a Shanon qui dort à poil sur les draps de satin. Je prends une valise et fourre en tapon les quelques fringues que j'ai achetées depuis que je suis là.

C'est là que je vois le sac dans lequel j'avais mis tous les parfums.

– Qu'est-ce que tu fais, Harvey ?

– Je me tire.

– J' peux venir ?

– Non, je pars trop loin.

Long moment de silence.

– J' sais pas si j'ai envie de rester ici toute seule.

– Tu as l'air de très bien te débrouiller sans moi.

– Il me fait peur, Snake. Je crois qu'il va me descendre dès que tu seras plus là.

Là, elle a pas tort.

– Je te dépose à Blue Fall Point si tu veux.

– Et toi, tu reviens là-bas aussi ?

– Je verrai.

Elle attrape le téléphone.

- Je vais dire à ma mère que j' rentre.

Je réponds pas et m'assois au bout du pieu avec le sac. Je sors les parfums un à un et les observe comme si c'étaient des objets d'art. Ils ont appartenu à Samantha. Ça me fait presque mal de les toucher. Tout au fond, mes doigts accrochent quelque chose que j'avais complètement oublié : les photos. Y'en a une dizaine. On voit Sam prendre des poses lascives devant l'objectif, à quatre pattes sur son lit japonais. Ça aussi ça me donne envie de gerber, mais j'ai plus rien dans l'estomac. Et là, je tombe sur des photos où elle est en train d'embrasser un type, où elle mime de lui faire une pipe en rigolant, où elle est allongée sur lui en train…

Le type, c'est Charles Arretson junior.

Monsieur le juge en personne.

Mes neurones valides commencent à marcher. Les engrenages se remettent en marche. L'ébauche de quelque chose d'affreux se dessine dans mon ciboulot. Une sorte de haine fait progressivement place au désespoir. Y'a l'autre pouffe qui vient me perturber dans mes réflexions :

– Tu sais quoi, Mac, là-bas, ils savent qui a tué les deux faux fédéraux.

Je me retourne.

– Quoi ?

– Ouais, y'a Jo qui était chez toi pour

dépouiller tes affaires quand il a vu une femme arriver. Il s'est caché, elle avait un flingue dans les mains. Et puis juste après, y'a les deux types qui sont revenus et ils se sont tirés dessus. Jo y raconte partout qu'il imaginait pas qu'une aussi belle femme pouvait flinguer deux gus de sang-froid.

– Putain, tu pouvais pas le dire plus tôt, je lui hurle dans les oreilles.

– Mais je le savais pas, elle me répond apeurée.

Je lui colle une gifle qui la projette par terre et me lève dans le mouvement.

– Merde, tu pouvais pas appeler ta mère plus tôt pauv' conne !

Je dévale les escaliers quatre à quatre et entre comme une trombe dans le bureau de Snake. Il me regarde sans rien dire, une bouteille de scotch dans les mains. C'est la déchéance. Sa cravate est desserrée, sa chemise sort de son pantalon.

– Snake ! Lève ton cul, merde !

– Pourquoi ? T'as décidé de faire une danse pour fêter ton départ ?

– Prends tes flingues !

Il ne lui faut pas une seconde de plus pour réagir. Trois minutes plus tard, on roule vers Little Italy. C'est moi qui conduis et je respecte aucune limitation de vitesse. Je lui raconte tout ce que je viens d'apprendre.

– Je crois qu'on s'est trompé, Snake. Merde, je crois que t'as flingué Sam pour rien. On l'a flinguée pour rien.

– Mais elle allait te descendre. Y'a deux cents témoins !

– Ouais, je sais, mais y'a quelque chose qui cloche. Il faut que les ritals disent la vérité.

On s'arrête devant l'épicerie qui sert de Q.G. Comme on est un peu plus rapides que les gros lards assis devant la porte, on entre à l'intérieur sans demander la permission. Je vois pas mal de monde dans la rue qui dégaine les pétards et pique un sprint dans notre direction.

On entre dans la cuisine. Don lève les yeux de son cahier de comptes, surpris mais sans plus de notre irruption.

– Retiens tes gorilles, Don, on veut juste te poser une question.

Snake se fout dans l'encadrement de la porte, le .44 dirigé vers l'entrée de l'épicerie. De l'autre côté, les molosses se placent pour l'affrontement.

– Dépêche-toi, Don, sinon va y avoir du sang.

Il me regarde et tranquillement, sans élever la voix dit : « C'est bon les gars. »

J'entends qu'on range les armes dans leurs holsters. Snake range la sienne aussi.

– Qu'est-ce qui te prend de débarquer comme ça chez moi ?

– Je veux la vérité, Don, sinon c'est la guerre totale.

– Quelle vérité, Mac ?

Sans dévier son regard du mien, il referme son cahier de comptes.

– Est-ce que c'était un coup monté le fait de protéger Sam ? Est-ce que tu l'as vraiment protégée ?

– Bien sûr, je te l'ai dit. Tu ne me crois pas ?

– Jure-le moi sur ta famille, tes enfants, tes parents.

– Qu'est-ce que c'est que cette connerie, Mac ?

– Jure-le, merde, ou je te descends !

Je viens de hurler en dégainant mon flingue. J'entends toutes les armes qu'on dégaine à nouveau. Snake non plus n'y échappe pas.

Don lève le bras pour calmer ses gus.

– Je ne sais pas ce qui se passe, Mac, mais il y a eu un problème de compréhension. Je te jure sur la tête de ma famille, de mes enfants et de mes parents que j'ai bien protégé Sam. Satisfait ?

Je baisse mon .44. Comme je ne dis plus rien, Don se lève et vient se fixer devant moi. Il me prend par les épaules et je m'aperçois qu'il est plutôt costaud le vieillard.

– Mac, écoute-moi. Nous sommes des ennemis en affaires, il y a pas mal de fois où on a failli se faire la guerre, et on ne peut pas se blairer, mais jamais, tu m'entends, jamais je ne me serais permis de faire quoi que ce soit à ta femme. Une femme c'est sacré, et le business ça les concerne pas…

Il retourne s'asseoir.

– … toutes mes condoléances pour Samantha. Maintenant, tu me vides le plancher ou je te fais descendre.

On sort. Y'a quinze gorilles qui ont des flingues dans les mains et qui les gardent jusqu'à ce qu'on soit hors de vue.

Les immeubles bien crades de Brooklyn défilent dans mon champ de vision. Ça ne tourne vraiment pas rond dans ma petite tête.

– En tout cas, on sait qu'il s'agit d'une femme, dit Snake pour m'aider à y comprendre quelque chose.

– Ouais…

– Alors réfléchis un peu, Mac ! Pense aux putes que tu connais et qui pourraient jouer aux psychopathes.

– Ouais…

Shanon ? Non, elle est bien trop conne pour faire quoi que ce soit.

Le visage de Catherine Arretson s'imprime sur mes rétines. Je ne vois pas pourquoi ce serait elle, on s'est connu bien après le début de l'hécatombe.

Mais après tout, c'est la voisine de Sam, elles devaient bien se connaître un minimum.

– Qu'est-ce que tu sais sur Catherine Arretson ?

– Ben, pas grand-chose, à part que c'est l'épouse modèle pour un type comme le juge.

– Et qui se jette dans les bras d'un mec comme moi sans raison apparente ? Merde !

Je compose un numéro sur mon cellulaire. Mon nom suffit à passer toutes les barrières de secrétaires.

– Monsieur Harris, clame le maire en entendant ma voix, quelle surprise !

– J'ai une petite question à vous poser.

– Bien sûr !

– Qu'est-ce que vous savez sur la femme du juge Arretson ?

– Catherine ? Oh, pas mal de choses ! C'est important pour vous ?

Je commence à prendre mes nerfs, moi.

– Crucial !

J'allume une clope nerveusement.

– Ce que je vais vous dire est confidentiel. Elle va régulièrement en France suivre un programme psychiatrique dans une célèbre clinique de la banlieue de Paris. On raconte qu'elle a des crises de démence, de véritables coups de folie. Une fois, elle a failli étrangler ce pauvre juge parce qu'il avait cassé une assiette de grand-maman, vous voyez le topo... C'est un véritable fléau cette femme pour la carrière de Ch...

J'ai raccroché.

Snake me dépose au pied de l'immeuble de Sam sans comprendre pourquoi.

– Je vais juste vérifier un truc. Ça dure pas longtemps. Attends-moi.

– Okay, bonhomme, à tout de suite.

Comme je lui laisse pas le choix, il se gare devant et s'allume une clope.

J'entre dans le hall et me dirige droit vers l'ascenseur. Le gardien – c'est toujours le Black – me fait signe de venir vers lui.

– Monsieur, il faut que je prévienne...

J'entre dans l'ascenseur. Au moment où les portes se referment, je l'entends prévenir Catherine que je viens.

Sur le palier, sa porte est déjà ouverte. La porte de Sam aussi est ouverte et y'a des déménageurs qui installent des nouveaux meubles à l'intérieur.

– Enfin ! elle me dit en se jetant sur moi.

Je l'écarte un peu violemment et me dirige vers sa salle de bains. J'ouvre les portes jusqu'à tomber sur les parfums.

– Qu'est-ce que tu fais ? elle crie en me regardant faire.

– Ta gueule !

Entre mes doigts glisse la même bouteille de parfum que celle de Sam.

– Mais qu'est-ce que tu fais, merde ! elle hurle cette fois.

Je me retourne et lui en colle une qui lui explose la mâchoire. Elle tombe par terre, à moitié inconsciente, la bouche en sang. Je la prends par les cheveux et la traîne jusqu'au salon. Je l'assois sur un fauteuil et je m'ouvre une bouteille de whisky. J'en ingurgite le quart presque en une seule gorgée.

Elle reprend ses esprits et me regarde terrorisée.

– C'était toi, hein ? C'était toi dans l'appartement d'à côté qui cambriolais le coffre de Sam ? C'était toi qui nous as tiré dessus au lance-roquettes ?

Je lui fous une nouvelle pêche qui lui explose l'arcade sourcilière.

– C'était toi ?

Elle me regarde et son air terrorisé fait place à un air machiavélique.

– Les faux agents du FBI, c'était toi aussi ! Toute cette putain d'histoire c'est toi !

Je me laisse tomber dans un fauteuil, sans force. Je la regarde droit dans les yeux et j'y lis un sentiment de victoire. Je dégaine le .44 et l'arme.

Elle ne bouge pas, elle sait qu'elle va y passer.

Elle sait que mon amour pour Sam est plus fort que tout ce que j'aurais pu ressentir pour elle. Elle sait qu'elle a gagné et que sa victoire passe par sa mort. Tant de cruauté et de perversité me font vraiment mal. Sam est morte à cause d'elle, parce qu'elle avait choisi que Sam devait mourir. Putain de vie de merde !

– Pourquoi ?

Elle baisse les yeux. Le sang glisse sur son visage poli par les crèmes tonifiantes.

– Un jour, je suis rentrée chez moi et j'ai trouvé Charles en train de… forniquer avec Sam. Sam et moi, on était d'excellentes amies. On se confiait beaucoup de choses, on faisait les boutiques ensemble, on était de vraies amies. Je suis folle amoureuse de mon mari et le voir se… prostituer avec cette garce m'a rendue complètement folle. Je voulais la tuer. Ça devenait une obsession. Alors j'ai engagé des tueurs professionnels pour qu'ils la descendent. Je ne savais pas qu'elle en était une aussi et elle leur a échappé à chaque fois. Il fallait que je trouve autre chose. Je me suis intéressée à son passé. Quand on a un mari juge, on a accès à beaucoup de choses. C'est là que j'ai découvert l'existence de Courtson Cave, d'un gars qui s'appelait Mac Dodger Harris, un gangster dans toute la tradition. J'ai retrouvé des articles de presse qui parlaient de votre couple et de la passion qui vous unissait. Je tenais ma vengeance. Œil pour œil, dent pour dent.

» J'ai engagé des détectives pour te retrouver. Et puis un jour, ils m'appellent en me disant qu'ils t'ont découvert au fin fond du désert. Leur but, c'était de te ramener ici sous un prétexte bidon, mais je crois qu'ils s'y sont mal pris. Quand ils sont revenus, tu étais déjà parti et cette salope était à ta place. Elle aussi elle voulait te retrouver pour être en sécurité dans tes bras. Elle les a descendus sans leur laisser une chance.

» Là, je me suis dit que c'était fini, que je vous avais perdus tous les deux, que je n'avais aucune chance de vous retrouver. Et puis une nuit, j'ai eu une illumination. Je me suis souvenue du coffre qu'elle avait dans son bureau. J'ai engagé deux pros pour m'aider et c'est là que vous êtes arrivés, toi et Snake. Dans l'appartement, vous vous êtes appelés par vos vrais noms et là j'ai cru que je rêvais. J'ai pris les documents et je suis rentrée ici pendant que le deuxième homme faisait diversion en empruntant l'ascenseur. Snake, il est connu, je n'ai eu aucun mal à trouver son adresse. Je vous ai suivis, toujours accompagnée d'un pro. Quand je vous ai vu faire votre massacre dans le club des Italiens, je me suis dit qu'il valait mieux ne pas trop jouer avec vous. Le type qui m'accompagnait avait un lance-roquettes dans son coffre. On a regardé où vous alliez et on s'est précipités dans l'immeuble d'en face. Vous aviez déjà massacré tout le monde et j'ai dit au gars « Vas-y, dégomme ces pourritures ». Le lendemain, quand j'ai lu que tu étais en vie, j'ai cru mourir. Je me suis dit que j'allais arrêter là les frais parce qu'un jour ou l'autre tu allais me tomber dessus et me broyer avec ton pote. En fait, j'ai vraiment eu peur.

» Et un jour, sans que je ne demande rien à personne, j'ouvre la porte et tu me tombes dans les bras. Alors j'en ai profité. Je voulais coucher avec toi et que Sam le sache, qu'elle ait tellement mal qu'elle ait envie de me tuer. Alors j'ai franchi le pas et c'est là qu'on a baisé comme des dieux. Au club, lorsqu'elle m'a vue avec toi, elle a tout de suite compris. Mon bras, je l'ai volontairement retiré rapidement pour qu'elle comprenne bien ce qu'il y avait entre nous. Elle a eu exactement la réaction que j'attendais d'elle. Elle a sorti son arme. Ce n'était pas toi qu'elle allait abattre, c'était moi, par jalousie et par amour. J'étais persuadée de mourir ce soir-là et toi, Mac, tu m'as sauvé la vie. Et elle est morte, malheureuse et coupable. Tout ce dont j'avais rêvé. »

Je n'ose pas la regarder. Je sais que si je lève les yeux, je verrai son air de triomphe et je risquerai de devenir fou. Elle ne parle plus. Je l'entends qui respire un peu plus vite, probablement le fait de savoir qu'elle va mourir dans les minutes qui viennent.

– Comment as-tu su que c'était moi ?

– Le parfum. Tu le portais pendant le cambriolage et le tir à la roquette.

– Je n'avais pas fait attention… C'est Sam qui me l'avait offert pour mon anniversaire. C'était un de ses parfums préférés.

Je me lève, bois un autre quart de bouteille. On se regarde. Elle se lève d'un coup en hurlant et se précipite vers la porte. Je ne tire pas, parce que j'ai décidé de pas la tuer au flingue. Je bondis derrière elle et la rattrape pendant qu'elle ouvre la porte. Je la referme d'un coup de poing, l'attrape par les cheveux et lui cogne la tête deux ou trois fois contre le mur. Son nez éclate dans un bruit mat. Son sang reste accroché au papier peint.

Comme elle hurle encore, je la jette par terre et lui colle deux coups de saton dans le bide. Comme elle a plus d'air elle s'arrête. Je la relève et l'emmène sur la terrasse.

– Tu sais que descendre quinze étages c'est long, on a le temps de penser.

– Ne fais pas ça, s'il te plaît ! elle me supplie entre ses lèvres tuméfiées.

– Non, t'inquiète pas.

Je la prends et de toutes mes forces la projette au-dessus de la balustrade en verre fumé. Je la vois faire une cloche avant de tomber droit vers l'asphalte à plus de deux cents kilomètres/heure en hurlant. Elle s'écrase comme une merde sur le toit d'une voiture de l'autre côté de la rue.

Je hurle, comme une bête sauvage qui vient de gagner un difficile combat contre une autre bête. Je hurle, l'esprit vidé de tout.

Épilogue

TROIS MOIS plus tard.

Courtson Cave marche du tonnerre. Le fait qu'il y ait eu un mort à la soirée d'inauguration a grandement contribué à ce nouveau succès. Les affaires tournent, l'argent rentre et tout le monde est content, sauf moi. L'image de Samantha abattue pour rien, mourante dans mes bras, m'obsède chaque nuit. Le fait de l'avoir vengée m'a enlevé un poids de la conscience, mais il en reste tellement, tellement. Rien n'est plus comme avant, même si tout est fait pour faire comme si.

Demain commence mon procès pour meurtre avec préméditation sur la personne de Catherine

Arretson. Je devrais plutôt dire un leurre de procès, car Snake, toujours aussi soucieux de mon bien-être et de ma liberté, a graissé pas mal de pattes pour que je sois acquitté.

Shanon est toujours là, mais on vit plus ensemble. Elle s'est trouvé un bon petit pigeon, un courtier de Wall Street qui la couvre de cadeaux, de bijoux et de fourrures. Elle vient souvent au club pour tailler une bavette et me tailler une pipe. C'est une vraie New-Yorkaise maintenant, et elle parle plus comme les péquenots de Blue Fall Point.

J'ai acheté l'immeuble au-dessus du club (merci monsieur le maire) et j'ai viré tous les nègres et les métèques qui pullulaient. Y'a des travaux aux trois derniers étages, je suis en train de me faire construire un luxueux triplex qui sera relié au club par un ascenseur privé. Tous les autres apparts sont refaits à neuf. Mes employés et mes amis pourront y pioncer peinards, comme ça.

Je sais pas trop ce que me réserve l'avenir, et je m'en fous à vrai dire, tout ce que je regrette, c'est la mort de Samantha.

I love you for ever...

THE END

TABLE

Imprimé et relié sur les presses
de l'imprimerie Bussière Camedan Imprimeries
à Saint-Amand (Cher)

Dépôt légal : juin 1998
Numéro d'impression : 982803/1
Imprimé en France